KB152849

L.I.E. 영문학총서 제32권

엘리엇 그리고 전통과 개성의 시학

이철희 지음

L. I. E. − SEOUL

2014

이 도서의 국립중앙도서관 출판시도서목록(CIP)은 서지정보
유통지원시스템 홈페이지(http://seoji.nl.go.kr)와 국가자료공동목
록시스템(http://www.nl.go.kr/kolisnet)에서 이용하실 수 있습니다.
(CIP제어번호: CIP2014016868)

책머리에

본서는 『엘리엇의 문학과의 대화』(L. I. E. 영문학총서 제30권)의 후속 저서라고 할 수 있다. 『엘리엇의 문학과의 대화』에서 다루지 못한 연구 부분을 본서에서 다루어 보았다. 본서 또한 필자가 그동안 한국연구재단등재지에 게재시켰던 원고들을 재정리하여 수정과 보완한 논문들로 이루어져 있다. 먼저 『엘리엇의 문학과의 대화』에서는 엘리엇과 셰익스피어(Shakespeare), 드라이든(Dryden), 테니슨(Tennyson), 스윈번(Swinburne), 포우(Poe), 예이츠(Yeats) 등을 다루었다면 본서 『엘리엇 그리고 전통과 개성의 시학』에서는 엘리엇과 말로우(Marlowe), 앤드류즈(Andrewes), 마블(Marvell) 그리고 블레이크(Blake) 그리고 엘리엇과 동시대 작가로 알려진 예이츠(Yeats)와의 관계를 집중 조명했다.

실상 엘리엇의 작품이 난해하다는 사실에는 이견이 없다. 그러나 이두 가지의 저서로 인하여 그의 작품에 대한 이해와 감상에 도움이 되었으면 하는 마음 간절하다.

끝으로 이 저서가 나오도록 인도해 주신 이만식 발간위원장님을 비롯하여 심사위원님들 그리고 국학자료원의 정구형 대표님과 곳곳의 수정과 보완을 위해 애써 준 이가람 님께도 감사드린다.

이철희

목 차

제1장
말로우에 대한 엘리엇의 이해와 평가[1]

Ⅰ. 들어가는 말

이 연구는 엘리엇(T. S. Eliot)이 작성한 「말로우」("Marlowe")를 통해 말로우(Christopher Marlowe)에 대한 엘리엇의 평가를 살펴보는 것이다. 비록 7쪽이 되지 않는 짧은 글이지만 여기서 엘리엇은 매우 많은 대작가들을 동원하여 말로우를 분석 및 평가한다. 특히 말로우는 셰익스피어(Shakespeare)와 동시대 작가였지만 셰익스피어의 후광에 가려 그 빛을 제대로 발산하지 못한 작가 중 한 사람이다. 그러나 우리는 "일반 대중에게 알맞은 감동적인 희극을 쓰는 데 성공한 최초의 영국 작가가

---

[1] 이 논문은 한국중앙영어영문학회의 『영어영문학연구』 55권 1호(2013), pp.349~366에 게재되었던 것을 수정 및 보완했음을 밝힌다.

바로 말로우"(송관식 54)라는 점을 간과해서는 안 된다. 비록 29세(15 64~1593)로 짧은 생을 마감했지만 문학사에서 그의 업적은 위대하다고 볼 수 있다. 그런데 흥미로운 점은 국내외의 연구자들이 엘리엇과 셰익스피어의 관계에 관하여 엘리엇과 고전주의라는 주제로 다양하게 접근하고 있다는 것이다. 아마도 엘리엇의 유명한 비평이론 중 하나인 "객관적 상관물"(objective correlative)이 셰익스피어의 4대 비극 중 걸작으로 꼽히는 『햄릿』(Hamlet)을 두고 평가하면서 주장한 것이 그 한 요인이 될 수 있을 것이다.[2] 이와는 대조적으로 엘리엇과 말로우의 관계에 대한 연구는 수행되지 않은 것으로 보인다. 다만 말로우의 종교적인 측면에 대한 연구에서 엘리엇의 이야기가 종종 눈에 띌 뿐이다. 말로우의 종교적인 측면을 분석하면서 엘리엇의 견해를 언급한 주요 연구로는 앤더슨(Anderson)의 「저주받은 극장: 말로우의 비극의 종교와 청중」("The Theater of the Damed: Religion and the Audience in the Tragedy of Christopher Marlowe")이 있고, 어네(Erne)의 「전기, 신화예술 그리고 비평: 말로우의 생애와 작품」("Biography, Mythography, and Criticism: The Life and Works of Christopher Marlowe")이 있으며, 국내에서는 이영걸의 「말로우, 셰익스피어, 엘리엇: 시작과 끝」("Marlowe, Shakespeare, Eliot: The Beginning and the End")이라는 연구가 있다. 이들 연구가 갖는 공통점이라면 엘리엇과 고전주의라는 전체적인-포괄적인- 연구로서 엘리엇과 말로우에 대한 언급이 간헐적으로 비칠 뿐이다.

---

2) 엘리엇은 「햄릿과 그의 문제들」("Hamlet and His Problems")이라는 글에서 『햄릿』을 "가장 확실히 예술적인 실패작"(most certainly an artistic failure)이라고 주장한 바 있다(Selected Essays 123. 이하 SE와 쪽수로 표기함). 즉, 엘리엇은 셰익스피어가 이 작품에서 주인공 햄릿(Hamlet)의 정서를 적절히 표현하지 못했다고 주장한다.

Ⅱ. 말로우의 문학적 우수성

엘리엇은 「말로우」의 서두를 스윈번(Swinburne)이 행한 말로우에 대한 평가로 시작한다. 즉, 스윈번은 말로우에 대해서 "영국비극의 아버지이며 영국 무운시의 창시자이면서 또한 셰익스피어의 스승이며 인도자"(SE 100)³⁾라고 평가한다. 그러나 엘리엇은 스윈번의 이와 같은 말로우에 대한 평가에 대해서 두 가지 잘못된 가설과 두 가지 잘못된 결론이 있다고 주장하면서 그 이유를 다음과 같이 주장한다.

> 키드도 말로우 만큼 최고의 명예에 좋은 직함을 가지고 있고 써
> 레이도 두 번째 명예에 더 좋은 직함을 가지고 있으며, 셰익스
> 피어는 그의 선배들 혹은 동시대인들 중에 한 사람에 의해서만
> 배우거나 인도되지 않았다. (SE 100)

엘리엇이 주장하는 두 가지 잘못된 가설이라면 키드(Thomas Kyd)가 영국 비극의 아버지라고 할 수 있으며, 써레이(Henry Howard Surrey)는 영국 무운시(blank verse)의 창시자로 간주되어야 한다는 것이다. 그리고 두 가지 잘못된 결론이라면 셰익스피어는 자신의 선배들 혹은 동시대인들 중에 어느 한 작가에게서만 배우지는 않았다는 사실과 셰익스피어는 자신의 선배들 또는 동시대인들 중에 오직 어느 한 작가에 의해서만 인도되지는 않았다는 것이다. 우리는 여기서 셰익스피어 역시 자신의 선배작가나 동시대 작가들에게서 문학창작 기법을 전수 받

---

3) 이해를 돕기 위하여 스윈번의 주장을 보면 다음과 같다. Swinburne observes of Marlowe that the father of English tragedy and the creator of English blank verse was therefore also the teacher and the guide of Shakespeare. (SE 100)

았다는 점을 알 수 있는데 문제는 단지 어느 한 특정한 작가에게서만 그것을 전수받지는 않았다는 것이다. 이 점을 스윈번이 말로우를 잘못 평가하는 내용이라며 엘리엇은 오히려 다음과 같이 판단하는 것이 논란의 소지가 적을 것이라고 주장한다.

> 문제를 덜 일으킬 수 있는 판단은 말로우는 비록 그 자신이 키드만큼 위대한 극작가는 아니었을지라도 후기 드라마에 강한 영향력을 행사했으며 그리고 그는 몇몇의 새로운 어조를 무운시에 소개했으며, 운율이 있는 시의 리듬과는 더욱 멀리 떨어져서 그것을 묘사한 분리 가능한 방법을 출발시켰다는 것이며, 그리고 셰익스피어가 그로부터 차용했을 때, 그것은 처음에는 종종 아름다웠지만 셰익스피어는 어떤 것을 열등하게 그리고 다른 어떤 것으로 만들었다는 것이다. (SE 100)

위에서 엘리엇은 말로우의 대략적인 문학적 위치를 간략하게 설정해 주고 있다. 즉, 말로우는 키드보다 위대하지는 않지만 말로우 이후의 극에 강력한 영향력을 행사하였으며 심지어 세계의 문호라고 일컬어지는 셰익스피어도 말로우에게서 작품의 기법을 차용했다는 것인데 여기서 문제는 셰익스피어는 말로우로부터 차용한 것을 좀 더 열등하거나 다른 것으로 만들었다고 분석한다.[4] 로간(Rogan) 역시 "셰익스피어는 말로우의 예술적 측면을 자신의 작품에 합병시켰다"(Ward 재인용 161)는 주장에서도 우리는 셰익스피어의 작품 속에는 말로우의

---

4) 참고로 엘리엇은 다음과 같이 시인을 분류하여 "차용"의 중요성을 논한다.
  Immature poets imitate; mature poets steal; bad poets deface what they take, and good poets make it into something better, or at least something different. The good poet welds his theft into a whole of feeling which is unique, utterly different from that from which it was torn; the bad poet throws it into something which has no cohesion. A good poet will usually borrow from authors remote in time, or alien in language, or diverse in interest. (SE 182)

영향이 침투되어 있음을 알 수 있다. 심지어 셰익스피어와 말로우는 영국 르네상스 문학에서 주요한 문학적 표준의 연구주제가 될 수 있으며 (Cheney 366), 말로우는 셰익스피어의 황금 시대를 예고하거나(Charles 20), 훗날 셰익스피어는 말로우의 영향과 그와의 우정을 인정했다(Foster 181)는 점에서 우리는 셰익스피어와 말로우는 서로 밀접한 연관성이 있다는 사실을 알 수 있다. 셰익스피어에 대한 말로우의 영향을 로간 은 다음과 같이 적절히 요약한다.

> 『맥베스』와 『템페스트』가 그렇게 눈에 띠게 『파우스트 박사』와 서로 다른 특징을 전개시키기 위해 선택했다는 사실은 말로우 의 영향이 셰익스피어의 창조적 지성에 깊게 새겨졌다는 정도 를 보여준다. . . 셰익스피어의 예술적 효과에 가장 중요한 말 로우식의 기여는 다양한 형태의 극적 모호성을 지닌 창조성이 었다. 그리고 메피스토펠레스처럼, 이 극작가들 둘 모두는 이 모호성을 해결하려는 것을 절대적으로 거부했다. (Ward 재인용 162)

또한 말로우는 셰익스피어뿐 아니라 스펜서(Edmund Spenser)와도 문학적 관계가 있음을 알 수 있다.

> 시인이자 극작가로서 말로우는 다양한 정도로 대부분의 16세 기 후반 그리고 17세기 초의 작가들 즉, 시드니, 다니엘에서 웹 스터와 워쓰는 말할 것도 없이 셰익스피어와 존슨에 대한 선구 자로서 도움을 주기 위해 스펜서로부터 몇 가지 조언을 따르고 있다. (Cheney 618)

위와 같은 주장들을 종합해 볼 때 우리는 말로우의 문학적 영향이 어느 정도였는지를 가늠할 수 있다. 즉, 셰익스피어는 물론, 스펜서, 시드니(Philip Sidney), 존슨(Samuel Johnson), 웹스터(John Webster) 등이 말로우의 영향을 받았다고 볼 수 있다. 다시 말해 말로우의 영향은 당대는 물론 후대에까지 그 파급력이 대단했다고 볼 수 있다.

이어서 엘리엇은 화제를 무운시로 전환하는 데 "우리가 무운시를 연구한다는 것은 몇 가지 호기심을 불러일으킬 만한 결론을 도출해 낼 수 있다"(*SE* 100)며 무운시의 변화 과정에 대해서 다음과 같이 간략하게 이야기한다.

> 셰익스피어의 생존 시에 무운시가 더욱더 발달했으며, 그것은 그 후로 전달되었던 것보다 더 다양하고 더 강렬한 감정의 매개물이 되었으며, 밀턴이 만리장성을 세운 후에 무운시는 정지뿐 아니라 퇴보를 겪었다는 것을 보여줄 것이라고 나는 믿는다. 예를 들면 몇 가지 적용에서 이런 형식의 유능한 대가인 테니슨의 무운시는 셰익스피어와 함께 활동했던 6명의 그것보다는 더 미숙하며(기법에 있어 더 거칠거나 덜 완벽하지는 않은) 복잡하고 미묘하며 놀라운 감정을 표현할 능력이 적기 때문에 더 미숙하다. (*SE* 100−101)

우리는 여기서 셰익스피어, 밀턴(John Milton), 테니슨(Alfred Lord, Tennyson)에게 있어서의 무운시의 변형 단계를 엘리엇이 차례로 분석하는 것을 볼 수 있다. 즉, 셰익스피어의 시대에는 무운시가 매우 발달했고, 이어서 밀턴 이후에는 오히려 퇴보하다가 테니슨에게서는 미숙단계에 이른다고 분석한다. 그러면서 엘리엇은 "오래 지속될 만한 가치가 있는 무운시를 썼던 모든 작가는 다른 사람은 연출할 수 없고 오

직 자신만이 연출할 수 있는 특별한 어조(tones)를 가지고 있으며 우리
는 영향과 은의(indebtedness)에 대해서 이야기할 때 이 사실을 명심해
야 한다"(SE 101)고 주장한다. 이것은 한 작가가 다른 작가의 영향을 받
을 경우에는 그 작가만의 특유한 어조를 가지고 있어야 한다고 요약할
수 있다. 쉽게 말해 영향을 준 작가의 내용이나 기법이 영향을 받은 작
가의 작품 속에 노골적으로 표현되어서는 안 된다는 논리라고 볼 수
있다. 이것은 곧 '각색의 중요성' 또는 '각색의 재능'을 염두하고 엘리
엇이 말하는 것이라 할 수 있다.5) 그러면서 엘리엇은 "셰익스피어의
경우 어떤 다른 작가들보다도 이러한 특별한 어조를 더 많이 가지고
있기 때문에 보편적이지만 이것들이 모두 한 사람으로부터 나왔다. 셰
익스피어가 거의 모든 인간의 정서를 표현했다고 말하는 것은 예술과
예술가 사이에 대한 근본적인 오해이며 이런 오해 때문에 셰익스피어
와 동시대인들의 시가 가지고 있는 특별한 특성을 찾는 데 필요한 주
의 깊은 노력을 소홀히 여기게 되는 오해를 초래할 수 있다(SE 101)고
말하며 무운시의 생산 과정을 엘리엇은 다음과 같은 비유를 들고 있다.

　　무운시의 개발은 그 놀라운 산업제품인 콜타르6)의 분석에 비

---

5) 엘리엇은 「필립 메신저」("Philip Massinger")에서 다음과 같이 시인을 분류한 바 있다. Immature
　poets imitate; mature poets steal; bad poets deface what they take, and good poets make it into something
　better, or at least something different. The good poet welds his theft into a whole of feeling which is
　unique, utterly different from that from which it was torn; the bad poet throws it into something which has
　no cohesion. A good poet will usually borrow from authors remote in time, or alien in language, or diverse
　in interest. (SW 182)

6) 이 물질은 900~1,200c에서 석탄을 건류할 때 얻어지는 검은색의 끈끈한 액체로서 콜타르로
　부터는 공업적으로 중요한 여러 가지의 화학물질을 얻는데, 분리·정제하여 염료, 약품, 향료,
　합성수지, 유화제, 용제 등의 제조에 이용한다. 엘리엇이 이 물질을 예로 든 것은 원료 그 자체
　로서보다는 원료가 분리 및 정제 과정을 거쳐서 다른 물질로 사용된다는 사실을 강조하는 것
　이라 볼 수 있는데 말로우의 무운시 역시 그 효과는 원료의 변형에 의해서 나타난다고 볼 수
　있다.

유될 수 있을 것이다. 말로우의 시는 좀 더 초기의 파생물들 중
에 하나이다. 그러나 그것은 다소 후에 발견된 분석적이거나
종합적인 무운시에서는 반복되지 않는 특징을 소유하고 있다.
(SE 101)

비록 무운시가 나오는 과정에서 말로우의 것은 비교적 초기 또는 처
음 나온 것이지만 후에 나온 것과는 차이가 있다는 것이다. 이것을 환
언하면 말로우의 무운시는 최종적인 생산품—최종적 완성작품— 속에
는 변형되어 나타난다고 할 수 있을 것이다. 다시 말해 말로우는 자신
만의 특별한 어조—자신만이 연출할 수 있는—를 가지고 있다고 볼 수
있다. 엘리엇의 이러한 주장에 의해서 "오래 지속될 수 있는 무운시를
작성한 사람"이 바로 말로우라는 사실이 입증된 셈이다. 이 논리는 다
시 "극에서 말로우는 무운시가 강력한 힘을 발휘할 수 있는 매개체—
존슨이 말로우의 강력한 표현들이라 불렀던 것—를 만들었다"(Forsyth
721)는 점이 재차 말로우만의 무운시의 우수성을 증명한다고 볼 수 있
다. 맥캔지(Mackenzie) 역시 이와 유사하게 분석한다.

말로우는 자신의 시각적 패턴의 통제와 개발 그리고 그러한 재
료들을 실험할 수 있는 자발성에 있어서 그의 대부분의 동시대
인들보다 우수했다. (Davidson 재인용 289)

맥캔지는 시각적 패턴의 통제 및 개발과 이러한 소재들을 그가 자발
적으로 시험했다는 점을 말로우의 우수성으로 꼽고 있다. 이와 같은
간단한 진단에서도 우리는 말로우를 실험적인 작가 또는 도전적인 작
가라는 사실을 충분히 입증할 수 있다.
　그러면서 엘리엇은 말로우와 셰익스피어 시대의 "스타일의 결점"

(vices of style)은 여러 가지 결점에 쉽게 사용 될 수 있는 편리한 이름이지만, 이 결점들 중에 어느 한 가지라도 모든 작가들에게 공통적이지는 않았다(*SE* 101)며 이제 말로우에 대해 좀 더 구체적으로 분석하기에 이른다.

> 적어도 말로우의 "수사학"은 셰익스피어의 수사학이 아니라 특징적으로도 그렇지 않으며, 셰익스피어의 것은 상상력에 집중하지 않고 흩어지며, 부분적으로는 말로우가 손대지 않은 영향 때문일지도 모르는 더 정확히 스타일의 결점 즉, 이미지의 고통스럽고 왜곡된 교묘함인 반면에 말로우의 수사학은 매우 단순히 자만심이 강하고 허세 부리는 과장된 말이라고 주장하는 것이 타당하다. 다음으로, 우리는 말로우의 결점은 그가 점차로 약해지며, 심지어 더욱더 기적적인 것은 장점으로 변한다는 사실을 알게 된다. (*SE* 101)

위의 주장을 통해서 우리는 말로우의 수사학과 셰익스피어의 수사학에는 명백한 차이가 있다는 점을 알 수 있다. 다시 말해 엘리엇은 말로우의 수사학과 셰익스피어의 수사학은 완전히 다르다고 주장한다. 그 이유를 셰익스피어의 수사학은 스타일의 결점 즉, 상상력에 집중하지 않고 흩어져버리는 이미지를 교묘하게 사용했는가 하면 말로우의 결점은 이 결점을 장점으로 변환시켰기 때문이라고 분석한다. 우리는 여기서 엘리엇이 세계의 문호 중에 한 명인 셰익스피어보다는 말로우의 수사학에 찬사를 보내고 있음을 알 수 있다. 비록 단명한 작가일지라도 말로우는 수사학에 있어서는 타의 추종을 불허한다고 진단하는 것이 우리의 흥미를 유도할 만하다. 그린블렛(Greenblatt) 또한 말로우의 『말타의 유대인』(*The Jew of Malta*)과 셰익스피어의 『베니스의 상인』

(*Merchant of Venice*)을 비교하면서 셰익스피어는 『말타의 유대인』으로부터 한때 차용한바 있는데 그는 이 작품의 신랄하고 냉정한 아이러니를 거부 한다(Cox 재인용 347)고 주장하여 말로우만의 작품이 지닌 아이러니의 우수성을 인정하고 있다. 이제까지 살펴 본 바와 같이 엘리엇은 말로우가 주변 작가들에게 직·간접적으로 영향을 주었으며 특히 그가 창작한 무운시의 우수성을 높이 평가하고 있다.

Ⅲ. 말로우의 각색의 효과

앞서 제Ⅱ장에서 살펴 본 바와 같이 엘리엇은 말로우의 무운시는 초기의 것과는 완전히 다르게 변형된다고 평가한다. 결국 그의 무운시의 특징 중에 하나는 독특한 각색의 효과 내지는 재능이라고 볼 수 있는데 엘리엇은 말로우가 각색해 놓은 것 중에 우리가 몇 가지를 유의해 볼만한 가치가 있다면서 그 이유를 말로우는 "생각이 깊고 의식 있는 숙련공이기 때문"(*SE* 102)으로 분석한다. 엘리엇은 이 사실을 증명하기 위해서 스펜서의 『선녀여왕』(*Faerie Queen*)의 일부를 예로 든다.[7]

> 아주 높이 뻗은 아몬드 나무처럼
> 푸른 셀리니스의 꼭대기에 온통 홀로
> 용감한 꽃들이 미려하게 장식된 채

---

7) 엘리엇은 로버트슨(Robertson)이 말로우가 스펜서로부터 흥미롭게 차용했다는 사실을 발견했다고 주장한다. (*SE* 102) 또한 엘리엇은 「말로우」에서 말로우가 각색한 부분을 다양한 예를 들어 분석하고 있다. 그러나 이 연구에서는 특징적인 부분들만 선택하여 살펴보기로 한다.

그의 부드러운 자물쇠들이 천국 아래서 불어오는 모든 작은
   미풍에
모든 사람을 정말로 떨게 하네.

Like to an almond tree y-mounted high
   On top of green Selinis all alone,
With blossoms brave bedecke'd daintly;
   Whose tender locks do tremble every one
At every little breath that under heaven is blown.
(*Faerie Queen*, I. vii. 32)

엘리엇의 주장에 의하면 이 부분이 말로우에게서는 다음과 같이 변
형되었다고 주장한다.

아주 높이 뻗은 아몬드 나무처럼
늘 푸른 셀리누스의 고상하고 천상의 언덕 위에
어시나의 이마보다 더 하얀 꽃들로 절묘하게
장식되었다.
그녀의 부드러운 꽃들이 천국을 통해 불어오는 매우 작은 미풍
에도 모두를 떨게 하네.

Like to an almond tree y-mounted high
Upon the lofty and celestial mount
Of evergreen Selinus, quaintly deck'd
With blooms more white than Erycina's brows,
Whose tender blossoms tremble every one
At every little breath that thorough heaven is blown. (*Tamburlaine*,
II, iv, iv)

스펜서의 『선녀여왕』이 말로우의 『탬버레인』에서는 위와 같이 각색되었다고 엘리엇이 분석한다. 이러한 말로우만의 각색의 효과에 대해서는 엘리엇의 주장을 직접 들어보는 것이 효과적일 것이다.

> 이것은 대부분의 시인들의 것처럼 말로우의 재능은 부분적으로 종합적이라는 것을 보여줄 뿐 아니라 말로우의 각색은 말로우의 다른 극작품과 내가 믿기를 어떤 다른 곳에서 볼 수 없는 『탬버레인』에서만 찾을 수 있는 어떤 특별한 "서정적" 효과에 단서를 제공하는 것처럼 보이기 때문에 흥미롭다. (*SE* 102)

위와 같이 엘리엇은 말로우의 재능은 종합적이며 또한 말로우의 어느 작품보다도 『탬버레인』에서 찾을 수 있는 효과에 무게 중심을 놓고 있다. 우리는 말로우의 반(反) 스펜서 스타일과 반(反) 셰익스피어식의 시학을 자세히 연구해 볼 필요성이 있을지도 모른다(Cheney 616)는 사실에서 말로우는 분명히 스펜서와 셰익스피어와는 대조적인 작품 창작의 태도를 유지했다고 볼 수 있다. 환언하면 말로우는 스펜서의 스타일이나 셰익스피어의 그것을 있는 그대로 수용하지는 않았다고 볼 수 있다. 이 논리는 릭스(Rigs)의 말로우에 대한 분석에 의해 좀 더 정확하게 증명될 수 있다.

> 시인으로서, 말로우는 자의식적으로 자신을 스펜서의 경쟁자로 놓으면서, 서사시인의 요구를 풍자했으며 시인들의 명예롭고, 아마추어적이며 전문적인 등급 사이에 새롭고 역동적인 평형 상태를 창조했다. (Cunningham 재인용 473)

그리고 또한 그린필드(Greenfield)의 다음과 같은 말로우의 작품 창작에 대한 분석도 우리는 유의할 필요가 있다.

> 말로우의 반 사실적인 것들은 사소하거나 우스운 것처럼 보일
> 수도 있으나 우리는 또한 자아의 구조에 대한 우리의 가정에 대
> 한 진지하고 철학적인 도전—신체가 분명하고 변경할 수 없을
> 정도로 변형되기 이전에 현대적 해부학적 조사의 여명(dawn)으
> 로부터 우리에게 다가오는 도전—으로서 그것들을 받아들일
> 수 있다. (246)

즉, 위 두 사람이 평가한 내용의 공통점이라면 말로우 작품의 특성
을 "혁신성"이라는 중심어로 요약할 수 있다. 다시 말해 새로운 도전에
성공한 작가가 바로 말로우라고 할 수 있을 것이다. 계속해서 말로우
의 재능을 살펴볼 수 있는 곳으로 엘리엇은 제노크라테(Zenocrate)를
찬양하는 부분을 예로 든다.

> 이제 천사들이 보초들처럼 불멸의 영혼들에게
> 신성한 제노크라테를 환영하도록 경고하기 위해
> 하늘의 성벽 위를 걸어 다니는구나.
>
> Now walk the angels on the walls of heaven,
> As sentinels to warn th' immortals souls
> To entertain divine Zenocrate. (II, ii, iv)

이 부분에 대하여 엘리엇은 "이것은 스펜서의 영향이라고 할 수는
없지만 스펜서의 영향이 들어있음에 틀림없다. 말로우 이전에는 위대
한 무운시가 존재하지 않았지만 바로 먼저 있었던 멜로디(melody)에

있어서 이와 같은 강력한 대가가 존재했으며 그 결합이 결코 반복될
수 없는 결과를 산출했다"(SE 102)고 주장한다. 쉽게 환언하면 이 부분
을 통하여 말로우의 무운시와 스펜서의 멜로디와의 절묘한 결합에 대
해 엘리엇이 찬사를 보내는 것이다. 그러면서 엘리엇은 스펜서로부터
차용한 내용을 보면 더욱더 흥미롭다며 몇 가지 예를 더 들고 있다.

> 어시나의 이마보다도 더 하얀 꽃들과 함께

> With blooms more white than Erycina's brows.

엘리엇은 이 표현 속에도 말로우의 공헌이 있다는 사실을 우리는 주
목할 필요가 있으며(SE 102) 이 표현을 말로우의 다른 표현들과 비교
해 볼 것을 권유한다.

> 그러니 나의 연인이여, 파라미드의 그림자에게처럼
> 그녀의 이마 속에 나의 사랑을 보여주는 것을 보세요.

> So looks my love, shadowing in her brows
> Like to the shadows of Pyramides (*Tamburlaine*)

그리고 엘리엇은 최종적으로 가장 훌륭한 각색은 다음과 같다고 분
석한다.

> 사랑스런 여왕의 흰 가슴보다도
> 그들의 환상적인 이마 속에서 더 아름다움을 보여주지요.

Shadowing more beauty in their airy brows
Than have the white breasts of the queen of love
(*Doctor Faustus*)

그리고 이 전체의 한 쌍(set)을 다시 스펜서의『선녀여왕』과 비교해
볼 것을 요청한다.

그녀의 눈꺼풀 위에는 많은 은총들이
그녀의 한결같은 눈썹의 그림자 아래서 만족합니다.

Upon her eyelids many graces sate
Under the shadow of her even brows (*Faerie Queen*)

엘리엇이 이와 같이 말로우의『탬버레인』과『파우스투스 박사』(*Doctor
Faustus*) 그리고 다시 스펜서의『선녀여왕』으로 시선을 전환시켜 비교
하며 분석하는 이유는 다음과 같다.

이러한 효율성은 말로우에게는 종종 있다.『탬버레인』속에서
도 그것은 다음의 형식, 특히 반향하는 이름의 손쉬운 사용(예,
유사한 어조 효과로 "카스피아" 또는 "카스피어"의 반복)의 형
태로 나타나는 데 이것은 말로우 뒤에 밀턴이 계승했지만 말로
우 자신이 더욱 능가했다. (*SE* 103)

결국 말로우가 각색의 효율성에 있어서는 밀턴을 능가했다는 것이
다. 좀 더 부연하자면 밀턴 역시 말로우의 영향을 받았지만 말로우가
사용한 각색의 능력이나 효율성을 능가하지는 못했다는 논리이다. 말

로우는 자신의 극에서 디도(Dido), 에드워드 2세(Edward II), 파우스투스 박사(Doctor Faustus)와 같이 역사적으로 유명한 인물의 이야기와 소망을 변형시켜 표현하기 위해 오비디우스 식의 애가(Ovidian elegy)를 사용했다(James 120)는 점에 있어서 우리는 말로우의 각색의 특징을 알 수 있다. 그러면서 엘리엇은 『탬버레인』의 시적 업적을 두 가지로 분류하는데 첫째는 말로우가 스펜서의 멜로디를 무운시로 만들었다는 것이며, 두 번째는 행 종지부(line period)에 비해서 문장 종지부(sentence period)를 강화시킴으로써 새로운 추진력을 얻어낸다(SE 104)는 것이다. 이 예를 엘리엇은 "자연은 네 가지 요소들을 혼합하였다"(Nature compounded of four elements)와 "아름다움이란 무엇이며, 그렇다면 내 고통을 말하는가?"(What is beauty, saith my sufferings, then?)라는 독백을 보면 운율이 갖춰진 2행 연구(couplet)나 써레이의 애가 또는 목가적 음조에서 명백히 벗어난 무운시라는 점을 알 수 있으며 이것을－이 두 개의 독백을－ 말로우의 무운시와 그와 동시대에 활동한 작가 중 가장 위대한 키드의 시를 비교해 보면 혁신의 중요성을 알 수 있다(SE 104)며 그 예를 다음과 같이 들고 있다.

어떤 사람이 은신처로 갔고, 부르러 보내지는 중에 그가
그린니춰를 지나갈 때 호민관이 누워있는
싸우스워크에서 살해 되었다.
블렉윌이 무대의 섬광 속에서 불에 탔고
그린이 캔트의 오스브리쥐에서 교수형 당했다...

The one took sanctuary, and, being sent for out,
Was murdered in Southwark as he passed
To Greenwich, where the Lord Protector lay.

Black Will was burned in Flushing on a stage;

Green was hanged at Osbridge in Kent. . . (SE 104)

엘리엇은 이 부분에 대하여 "정말로 테니슨의 『도라』(Dora)보다 결코 열등하지 않다"(SE 104)면서 테니슨의 『도라』를 예로 든다.

그래서 이 네 사람이 한집에서

함께 머물렀고, 해가 감에 따라

매리가 또 한명의 친구를 맞이했다.

그러나 도라는 그녀가 죽을 때까지 독신으로 살았다.

So these four abode

Within one house together; and as years

Went forward, Mary took another mate;

But Dora lived unmarried till her death. (SE 104)

그러면서 엘리엇은 "말로우가 『파우스투스 박사』에서는 더 깊이 들어갔고 행을 파괴해서 긴장감(intensity)을 성취하였으며 파우스투스(Faustus)와 악마(devil) 사이의 대화로 새롭고 중요한 회화체 어조를 개발하였으며, 『에드워드 II세』(Edward II) 역시 소중한 가치가 있다"(SE 104)고 분석한다. 문학사적으로 보면 『파우스투스 박사』는 중세 도덕극과 본격적인 엘리자베스(Elizabeth) 시대의 극, 특히 셰익스피어의 극을 연결시킨다(이경식 4)는 점에서 우리는 문학사적으로 말로우 작품만이 가진 우수성을 평가할 수 있는가 하면 "전형적으로 말로우의 작품은 미학적 업적 때문에 박수갈채를 받는다"(Parks 275)는 점에서도 말로우의 작품상의 놀라운 업적을 이해할 수 있다. 그러나 엘리엇은 말로우의 두 개의 극작품을 예로 들면서 하나는 오해받아왔고 또 하나는 경시되어 왔다면서 다음과 같이 주장한다.

> 이것들이 『말타의 유대인』과 『카르타고의 디도 여왕』이다. 이 두 가지 중에서 첫 번째에 관해서는 끝 심지어 마지막 두 개의 막(act)조차도 처음 세 개의 막 만큼 가치가 없다고 항상 들어왔다. 우리가 『말타의 유대인』을 비극 또는 "피의 비극"이 아니라 소극으로 간주한다면, 결론 부분의 막은 이해할 수 있게 된다. 그리고 우리가 조심스런 음감으로 그 작시법에 주의를 기울인다면 우리는 말로우가 이런 소극에 적합한 어조를 개발했으며 심지어 아마도 이 어조는 그의 가장 강력하고 성숙한 어조라는 사실을 알게 된다. (*SE* 104−105)

엘리엇이 여기서 말하는 핵심은 소극(farce)으로서, 이 소극은 스코트랜드 태생의 단편 소설가이며 극작가인 베리에(J. M. Barrie)와 영국의 만화가인 베언즈파더 선장(Captain Bairnsfather) 또는 영국 전통의 아동극인 『펀치』(*Punch*) 등과는 전혀 관련이 없는 소극이라며 바로 매우 진지하고 매우 다른 극적 유머(humour)라면서 존슨(Ben Jonson)의 『볼포네』(*Volpone*)를 예를 들고 말로우와 관련해서는 『말타의 유대인』에서 바라바스(Barabas)의 최후의 대사를 예로 든다.

> 하지만 이제 참을 수 없는 고통으로 나를
> 괴롭히는 뜨거운 열이 올라오는구나.
> 죽어라, 생명아. 영혼아, 떠나라. 마음껏 저주하고 죽어라!8)

---

8) 이 부분의 번역은 강석주의 『탬벌레인 대왕, 몰타의 유대인, 파우스투스 박사』, 서울: 문학과 지성사(2002)를 참고하였다.

But now begin th' extremity of heat
To pinch me with intolerable pangs,
Die, life! fly, soul! tongue, curse thy fill, and die! (*SE* 105)

여기에 대해서 엘리엇은 바라바스의 대사는 놀라운 풍자화를 완성시켰으며 이것은 셰익스피어는 할 수도 없었으며 또한 하기를 원하지도 않았던 것(*SE* 105)이라고 분석한다. 즉, 여기서 엘리엇이 말하는 내용의 핵심은 "진지한 소극" 또는 "소극의 진정성"이라 할 수 있다. 위에서 보는 바와 같이 엘리엇은 말로우의 『말타의 유대인』과 『카르타고의 디도 여왕』을 진지한 소극으로 간주할 것을 주장한다. 그러면서 『디도』(*Dido*)는 『아네이드』(*Aeneid*)와 함께 배열하기 위해서 행해졌기 때문에 다급하게 만들어진 극처럼 보이지만 심지어 이 작품에도 더욱 진전된 모습이 보이며 트로이(Troy)를 약탈하는 장면에 대한 설명은 말로우의 더욱 새로운 스타일이라 할 수 있다(*SE* 105)며 다음 부분을 예로 든다.

> 10년간의 전쟁으로 피곤한 채, 그래시안 병사들은
> "우리를 배로 가게 해 주시오. 트로이는 정복할 수 없소.
> 왜 우리가 여기 머물러 있나요?"라고 외치기 시작했다.
> ....
> 우리는 카산드라가 길거리에서 허둥대는 것을 보았다.

> The Grecian soldiers, tir'd with ten years' war,
> Began to cry, "Let us unto our ships,
> Troy is invincible, why stay we here?"
> . . . .

We saw Cassandra sprawling in the streets. . . .
(*SE* 105 – 106)

엘리엇은 위의 내용에 대해서 "이것은 베르길리우스(Virgil) 또는 셰익스피어가 아니라 순수하게 말로우"(*SE* 106)라고 주장한다. 즉, 우리는 이 부분을 통하여 버질이나 셰익스피어에게서는 볼 수 없는 스타일이며 말로우만의 고유한 스타일이라는 점을 알 수 있다. 말로우의 경우 그의 문학적 생애는 주로 오비디우스(Ovid)에 세네카(Seneca)와 루칸(Lucan)이 추가되었고 버질을 외면했다(Lennard 797)는 분석이 정확하다고 볼 수 있다. 이와 같은 말로우의 스타일을 좀 더 구체적으로 설명하기 위해서 엘리엇은『리처드 III세』(*Richard III*)의 클라렌스(Clarence)의 꿈과 그 대화를 비교해 보면 우리는 말로우와 셰익스피어 사이의 차이점을 어느 정도 간파할 수 있다고 주장하며 다음 두 행을 예로 든다.

어떤 거짓 맹세에 대한 재앙이
이 우울한 왕으로 하여금 클라렌스를 속일 수 있을까?

What scourge for perjury
Can this dark monarchy afford false Clarence? (*SE* 106)

바로 윗부분은 셰익스피어의 사극 중에 하나인『리처드 III세』의 클라렌스의 독백(I, iv)으로서 엘리엇은 "말로우의 스타일이 할 수 없었던 것이 있는데 그것은 바로 표현법이 고전적이고 확실히 단테식의 간결함"(*SE* 106)이라고 분석한다. 즉, 여기서 엘리엇은 셰익스피어의 작품 서술 방법의 간결성에 대해서 찬사를 보내고 있는 것이 우리의 시선을 끌어들인다. 앞서 제II장에서의 셰익스피어에 대한 평가와는 대조를 보이는 것이 흥미를 보여준다. 그리고 계속해서 엘리엇은 "엘리자베스 시대 극작가들에게서 종종 있듯이 말로우에게는 셰익스피어가 개작한 여러 가지 표현들 외에도 이 둘 중 어느 한사람에 의해 쓰였을지도 모르는 표현들이 있다"(*SE* 106)면서 다음과 같은 예를 든다.

> 당신이 머무르고 싶으시면,
> 나의 품속으로 들어오세요. 나의 품은 넓게 열려 있습니다.
> 그렇지 않다면 저에게서 고개를 돌리세요. 그러면 저도 그대로
>   부터 고개를 돌릴 거예요.
> 비록 그대가 이별을 고할 마음이 있을지라도
> 나는 여기 머무를 힘이 없소.

> If thou wilt stay,
> Leap in mine arms; mine arms are open wide;
> If not, turn from me, and I'll turn from thee;
> For though thou hast the heart to say farewell,
> I have not power to stay thee. (*SE* 106)

이 부분은 말로우의 『카르타고의 디도 여왕』(*Dido Queen of Carthage*)의 일부(V. i)이며 엘리엇은 이 부분은 물론 「말로우」 전체에 대한 글을 다음과 같이 마무리한다.

> 말로우가 맹세를 물들이지 않았다면 말로우의 시는 감동을 주었을지도 모르는 방향은 매우 반 셰익스피어식이며 이렇게 강하고 진지하며 명백하게 위대한 시 쪽으로 향한다. 그 이유는 이것이 어떤 위대한 그림이나 조각처럼 그 자체의 효과를 풍자

화와 같은 어떤 것에 의해 달성되기 때문이다. (*SE* 106)

엘리엇은 여기서 재차 말로우는 반 셰익스피어 스타일을 추구했으며 그의 스타일은 진지하고-이 진지함이란 앞서 살펴본 바와 같이 소극으로서의 진지함이라 할 수 있다- 위대하다고 마무리한다.

IV. 나오는 말

말로우는 셰익스피어와 동시대 작가였지만 셰익스피어만큼 조명을 받지 못해온 것이 사실이다. 그러나 엘리엇이 말로우의 문학사적 위치나 그의 각색의 능력을 분석함으로써 말로우에 대한 시각을 새롭게 조명할 수 있었다. 비록 현재까지 말로우의 종교에 대한 연구로서 엘리엇과 말로우에 대한 언급이 종종 보이지만 이 연구를 통하여 말로우를 재조명할 수 있었다. 특히 주목할 만한 점은 셰익스피어와 스펜서 역시 말로우의 표현법을 차용했는가 하면 말로우는 반 셰익스피어와 반 스펜서식의 스타일을 추구하였다는 것이다. 또한 간과해서는 안 될 사실은 "각색"의 재능에 있어서 말로우는 자신의 능력을 충분히 보여준 작가이며 무운시에 있어서 주변 작가에게 준 말로우의 영향이다. 즉, 말로우는 반 사실적인 묘사들로 인하여 관객에게 조롱의 대상이 될 수도 있지만 엘리엇의 주장대로 말로우는 극 창작에 있어서의 진정성 또는 진지함을 매우 중요한 문학창작 태도로 여겼다고 할 수 있다. 이 점은 『말타의 유대인』과 『카르타고의 디도여왕』을 통해서 이 극들을 단순히 "피의 비극"의 차원을 넘어서 "소극"으로 간주해야 한다는 엘리엇의 주장을 통해서 알 수 있다.

참고문헌

강석주. 『탬버레인 대왕, 말타의 유대인, 파우스투스 박사』. 서울: 문학과 지성 사, 2002.

김진만. 「T. S. 엘리엇의 종교문학론」. 『사목』(1976): 11−17.

송관식 · 주병한 역. 『영국문학사』. 서울: 한신문화사, 1985.

이경식. 「크리스토퍼 말로우」. 『영어영문학』 26 (1968): 3−26.

이영걸. 「말로우, 셰익스피어, 그리고 엘리엇: 시작과 끝」. 『영어 영문학』 43 (1972): 43−60.

Andrson, D. K. "The Theater of Damed: Religion and the Audience in the Tragedy of Christopher Marlowe." *Texas Studies in Literature and Language* 54.1 (2012): 79−109.

Charles, Peter. "The Jew of Malta." *Plays and Players Applause* 534 (2004): 20.

Cheney, P. "Fred B. Tromly, Playing with Desire: Christopher Marlowe and the Art of Tantalization." *Modern Philology* 99.4 (2002): 615−621.

_____. "Shakespeare's Marlowe: The Influence of Christopher Marlowe on Shakespeare's Artistry." *English Studies* 90.3 (2009): 366−368.

Cox, J. D. "John Parker, The Aesthetics of Antichrist: From Christian Drama to Christopher Marlowe." *Christianity and Literature* 59.2 (2010): 344−346.

Cunningham, K. "Marlowe, History, and Sexuality: New Critical Essays on Christopher Marlowe edited by Paul Whitfield White." *Comparative Drama* 35.3−4 (2002): 472−475.

Davidson, C. "Deathly Experiments: A Study of Icons and Emblems of Mortality in Christopher Marlowe's Plays, by Clayton G. Mackenzie." *Comparative Drama* 45.3 (2011): 289−290.

Eliot, T. S. *T. S. Eliot: Selected Essays: 1917~1932*. New York: Harcourt, Brace and Company, 1932. [Abbreviated as SE]

Erne, L. "Biography, Mythography, and Criticism: The Life and Works of Christopher Marlowe." *Modern Philology* 103.1 (2005): 28–50.

Forster, B. "Reading Marlowe Again: The Collected Poems of Christopher Marlowe by Patrick Cheney and Brian J. Striar. eds." The *Kenyon Review* 31.4 (2009): 179–183.

Forsyth, N. "David Riggs, The World of Christopher Marlowe." *Modern Philology* 105.4 (2008): 719–725.

Greenfield, M. "Christopher Marlowe's Wound Knowledge." *PMLA* 119.2 (2004): 233–246.

James, H. "The Poet's Toys: Christopher Marlowe and Liberties of Erotic Elegy." *Modern Language Quarterly* 67.1 (2006): 103–128.

Lennard, J. "Marlowe, History, and Sexuality: New Critical Essays on Christopher Marlowe, ed. by Paul Whitfield White; Patrick Cheney, Marlowe's Counterfeit Profession: Ovid, Spenser, Counter-Nationhood; David J. Baker, Between Nations: Shakespeare, Spenser, Spenser, Marvell." *The Modern Language Review* 96.3 (2001): 797–799.

Parks, J. "History, Tragedy, and Truth in Christopher Marlowe's Edward II." *Studies in English Literature* 1500~1900 39.2 (1999): 275–290.

Ward, A. E. "Robert A. Logan, Shakespeare's Marlowe: The Influence of Christopher Marlowe on Shakespeare's Artistry." *The Modern Language Review* 104.1 (2009): 161–164.

제2장
앤드류즈에 대한 T. S. 엘리엇의 평가[1]

Ⅰ. 들어가는 말

엘리엇(T. S. Eliot)과 종교와의 관계는 매우 밀접하며 과거부터 현재까지 지속적으로 관심을 받고 있다. 이것은 "종교적으로는 영국 국교도"(anglo-catholic in religion. *FLA* 7)라는 그의 선언을 통해 엘리엇의 종교적 입장을 충분히 확인할 수 있다. 사실 위의 선언은 1926년에 작성한 「랜슬럿 앤드류즈」("Lancelot Andrewes")라는 글의 서문에 나와 있으며 엘리엇의 이러한 선언을 통해서 우리는 그의 작품에도 신앙적인 모습이 매우 다양하게 투영되어 있음을 알 수 있다. 엘리엇이 이 글

---

1) 이 논문은 한국 T. S. 엘리엇학회의 『T. S. 엘리엇 연구』 제23권 1호(2013), pp.93~120에 게재되었던 것을 수정 및 보완했음을 밝힌다.

을 작성하기 전까지만 해도 앤드류즈(Lancelot Andrewes)는 단순히 특별히 뛰어난 작가 혹은 설교가 정도로만 생각하고 있는 사람들만 있었을 뿐(Sencourt 101)이라고 할 정도로 엘리엇과 앤드류즈의 관계는 밀접하다고 볼 수 있다. 이 사실은 엘리엇이 「랜슬럿 앤드류즈」를 작성한 후 "앤드류즈는 엘리엇에게 일종의 스승 즉, 새로 전향한 시인의 영적 · 예술적 모델"(Jones 154)이 되었다고 할 만큼 엘리엇과 앤드류즈는 매우 밀접한 관련이 있다고 볼 수 있다. 이 외에도 20대 중반에 이미 엘리엇은 문학적 판단에 변화를 가져왔고 이것은 바로 "앤드류즈를 새로운 시각으로 읽었다는 사실"(Bush 109)과 "현대의 앤드류즈는 최고의 문학 예술가임에 틀림없다"(Reisner 662)는 사실을 통해서 엘리엇과 앤드류즈의 관계 및 문학적 명성을 가늠할 수 있을 것이다. 엘리엇에 대한 앤드류즈의 영향은 다음과 같이 간단하게 요약할 수 있다.

> 1926년에 엘리엇은 이른 아침에 성체성사에 규칙적으로 참석하기 시작했다. 그리고 조금씩, 특히 앤드류즈 주교의 글쓰기와 십자가의 성 요한의 영향 하에서 엘리엇은 그가 1927년 세례를 받고 영국교회로 입교할 때까지 진리의 계시적 순간에 대한 어머니의 신앙에서 벗어나 온전한 기도의 목적, 계율, 훈련, 사고와 행위로 향했다.

> In 1926 Eliot began to attend regularly early-morning Communion. And little by little, especially under the influence of the writing of Bishop Lancelot Andrewes and St. John of the Cross, Eliot moved away from his mother's faith in revelatory moment of truth toward moderate goals of prayer, observance, discipline, thought, and action until his being baptized and received into the Church of England in 1927. (Jong-Soo Choi 107)

위와 같은 분석을 통하여 우리는 앤드류즈의 글쓰기와 십자가 성 요한의 영향이 엘리엇에게 하나의 전환점이 되었다는 것을 알 수 있다. 또한 우리는 엘리엇의 앤드류즈에 대한 평가로부터 엘리엇이 파운드(Ezra Pound)와는 떨어져서 예이츠(W. B. Yeats)로 향했다는 사실(Bush 124)에서도 엘리엇의 앤드류즈의 영향을 살펴볼 수 있다. 앤드류즈가 또한 중요한 설교가라는 사실을 세상에 알린 장본인이 바로 엘리엇(Dale 89)이었다는 사실에서도 이 둘 사이에는 친밀한 관계가 성립됨을 알 수 있다.[2] 이 둘 사이의 영향관계에 대한 대표적 선행연구로서는 마틴(Dorothea Martin)은 「말 속의 말: 앤드류즈와 엘리엇」("The Word within a word: Lancelot Andrewes and T. S. Eliot")이라는 글에서 앤드류즈가 엘리엇에게 끼친 영향에 관하여 엘리엇의 작품을 중심으로 비교적 자세히 분석하고 있으며, 맥클러후(McCullough)는 「앤드류즈가 변형시킨 열정」("Lancelot Andrewes's Transforming Passions")이라는 글에서 앤드류즈 설교의 특징을 분석해 놓았다. 본 글은 「랜슬럿 앤드류즈」를 통해 본 엘리엇의 생각을 비교적 자세히 고찰해 보는 것이다.

---

2) 엘리엇은 1923년 리차드 코브슨-샌더슨(Richard Cobden-Sanderson)으로부터 스테드 신부를 소개 받았다. 전직 외교관이었던 그는 교단에 입단해서 신부가 된 사람으로 1927년 6월 엘리엇에게 세례를 베풀어 영국 국교에 입교하게 한 소위 엘리엇의 영적 각성과 신앙생활을 격려해 준 신앙의 안내자였다. 스테드 신부는 엘리엇에게 17세기 영국 국교의 주교였던 앤드류즈의 설교집에 관심을 갖게 해주었으며, 엘리엇은 이 설교집을 통해 그리스도의 성육신에 대해 확신을 얻게 되었다고 한다(황철암 68).

II. 본론

엘리엇은 「랜슬럿 앤드류즈」의 서두를 "앤드류즈는 생존 시에 뛰어
난 명성을 구가했는데 그 이유로는 그의 설교의 우수성과 주교로서의
행동 그리고 벨라마인 추기경(Cardinal Bellarmine. 1542~1621)[3]의 주
장에 반박 논리를 펼치는 능력 및 앤드류즈 자신의 사생활의 단정함과
신앙심 때문"(*SE* 289)이라고 분석한다. 이와 같이 엘리엇은 앤드류즈
의 명성에 대한 자신의 생각으로 글을 시작한다. 앤드류즈의 신앙적인
모습에 대해서는 "앤드류즈는 확실히 영국 교회의 실제적인 신학을 창
조했고 그의 기도는 많은 사람들이 영적 삶을 살아가는데 지속적으로
도움을 주었으며"(Cummings 408), "앤드류즈의 많은 수입은 가난한
자들을 도우며 당대의 성직자들을 교육하는 데 소비되었다"(Cummings
410)는 사실에서 우리는 앤드류즈의 신앙생활의 모습을 가늠할 수 있
다. 그러나 특이한 사실은 「랜슬럿 앤드류즈」의 구성은 앤드류즈의 신
앙심을 중심으로 엘리엇이 전개해 가는 것은 아니라는 점이다. 서론부

---

3) 벨라마인은 이탈리아 추기경이자 신학자이며 가톨릭 교회의 추기경이었다. 그는 또한 반종
교개혁운동(Counter-Reformation)에서 가장 중요한 인물 중에 한명이었고 그는 1930년에 성인
으로 추앙되었고 교회학 박사(Doctor of the Church)학위를 취득했다(Wikipedia). 반면에 앤드류
즈는 영국 성공회의 격변기에 성공회 교리를 옹호하고 발전시키려고 노력했다. 그는 1575년
캠브리지 대학교 팸브루크 칼리지의 특별 연구원으로 선임되었고, 1580년에 부제로 임명되
었다. 제임스 1세(James Ⅰ)와 찰스 1세(Charles Ⅰ)가 다스렸던 1605년부터 1619년까지는 왕가
의 구호품 분배 관리직을 맡았고, 1619~1626년에는 궁정 교회의 수석 사제로 근무했다. 수사
학에 정통했던 그는 달변가이면서 학식 있는 궁정 설교가로 명성을 얻었다. 그의 주요저작은
로마 가톨릭 교회에 대해 비판적인 입장의 작품들이다. 그 작품들을 통해서 그는 로마 가톨릭
교리에 대해 분명히 비판적인 태도를 취했고, 성공회의 가르침에 대해서는 긍정적으로 서술
했다. 1605년 화약음모사건이 실패한 뒤 이를 기념할 때마다 설교한 내용 중에는 반(反) 가톨
릭 법률에 격노한 가톨릭 교도들로 하여금 의회와 왕가를 해산시키려 하는 의도가 들어있다.
이 설교들은 하느님이 국가와 교회를 모두 구원한다는 것을 강조한다(http://en.wikipedia.org/
wiki/Robert-Bellarmine).

분에는 앤드류즈의 명성에 대해서 간략하게 언급하고, 이어서 앤드류즈의 역사적 위치에 대해서 비교적 자세히 이야기(약 2쪽을 초과하여)한다. 그리고 나머지 대부분을 주로 앤드류즈와 단(John Donne), 이 두 사람의 설교와 산문을 비교하면서 엘리엇 자신의 견해를 전개해 나간다. 엘리엇은 앤드류즈의 역사적 위치에 대해서 비교적 자세히 언급한 후에[4] 앤드류즈의 설교에 대해서 다음과 같이 간단하게 요약한다.

> 그러나 설교를 읽은 그 사람들 사이에서는 이들이 정말로 그들을 영어 산문의 표본으로 읽을지라도 앤드류즈는 거의 알려져 있지 않다. 그의 설교들은 매우 잘 만들어져서 쉽게 인용될 수 있다. 그들은 흥미로운 수준에 매우 가깝게 고정되어 있다. 그러나 그들은 자신들의 시대 아니 모든 시대에서 가장 훌륭한 영어 산문으로 평가한다.

> But among those persons who read sermons, if they read them at all, as specimens of English prose, Andrewes is little known. His sermons are too well built to be readily quotable; they stick too closely to the point to be entertaining. Yet they rank with the finest English prose of their time, of any time. (*SE* 289)

위에서 보는 바와 같이 엘리엇은 앤드류즈의 설교는 구조상의 견고함을 지니고 있으며 동시에 흥미를 제공할 수 있는 수준까지 이른다고 한다. 다시 말해 앤드류즈의 설교는 구조가 튼튼하며 유쾌할 정도로 흥미를 제공하면서 당대는 물론 모든 시대의 산문 중에서 가장 훌륭한

---

4) 엘리엇은 영국교회사에서 중요한 인물들로 후커(Hooker)와 테일러(Jeremy Taylor)와 앤드류즈를 꼽고 있으며 특히 후커와 앤드류즈의 지적인 업적과 산문 스타일은 영국 교회의 조기체계를 완성시켰다고 주장한다. (*SE* 290-291)

영어 산문이라고 평가한다. 그러나 훌륭한 산문임에도 불구하고 엘리엇은 앤드류즈의 설교는 읽기가 쉽지 않다고 평가한다. 그의 설교의 어려움에 대해서는 다음과 같은 특징 때문이라 할 수 있다.

> 설교의 어려움이 생기는 측면은 설교할 때의 인유적 특성이므로, 성서의 치밀하고도 텍스트 상호 간의 원용과 더불어 교부(敎父)들의 고전적 언급과 인용에 대한 준비가 되어 있어야 한다. 앤드류즈는 그가 이들을 번역으로 일반적으로 추종하고 있을지라도 그리스어와 히브리어로부터 직접 인용을 사용하는 데 머뭇거리지 않는다.

> A feature contributing to the difficulty of the sermons is their allusive nature in approaching them, one must be prepared for a dense, intertextual use of Scripture together with classical references and citations of the Church Fathers. Nor does Andrewes hesitate to employ direct quotations from the Greek and Hebrew, though he generally follows these with translations. (Jones 156)

즉, 앤드류즈 설교의 어려움은 바로 인유와 고전에 대한 참고 그리고 그리스어와 히브리어의 인용이라 볼 수 있다. 흥미롭게도 우리는 이와 같은 분석에서 엘리엇의 작품 창작 과정과 매우 일치되는 유사점을 발견할 수 있다. 그것이 바로 "인유"와 "인용"이다. 위의 존스(Jones)가 앤드류즈의 설교에 접근하는 과정에서 발생하는 어려움은 바로 인용과 인유 때문이라고 간단하게 진단한 바와 같이 엘리엇은 작품 창작 과정에서 인유와 인용을 자주 사용한다. 이점이 서로 일치하고 있으며 아마도 엘리엇이 이 점을 우호적으로 평가했을 것이다. 또한 앤드류즈는 설교에서 라틴어를 사용하는데 이것은 단지 장식용이 아니며 앤드류즈에게 전체 설교로서의 주도적인 비유를 제공(McCullough 575)한다는 사실에서 그의 설교나 글쓰기의 특성을 살펴볼 수 있다. 그러면서 엘리엇은 앤드류즈만의 스타일에서 가장 눈에 띠는 특징을 세 가지로 분류한다. 그 첫째는 구성 또는 조절과 구조(ordonnance, or arrangement and structure)이다. 즉, 앤드류즈 스타일은 각 부분의 전체적인 구성이 견고하며 또한 어조의 높낮이를 잘 조절하며 구조가 튼튼하다고 볼 수 있다. 아울러 이것은 주제와 목적 그리고 글쓰기의 외부구조 사이의 전체적인 통일성을 말한다(Martin 25)고도 볼 수 있다. 두 번째는 어휘 사용의 정밀성(precision in the use of words)이다. 다시 말해 어휘를 정확하게 사용한다는 것인데 이 부분에 있어서는 아무리 강조해도 지나치지 않는다. 그리고 마지막으로 앤드류즈의 스타일 상에서의 특성을 적절한 긴장(relevant intensity)이라고 엘리엇이 분류한다. 이것은 앤드류즈의 설교는 적당한 긴장 또는 농도를 가지고 있다고 할 수 있다. 그러면서 엘리엇은 이와 같은 앤드류즈의 특성을 설명하기 위해서는 단의 설교와 비교하면 가장 명확하게 알 수 있다고 주장한다. 그 주장을 확증하기 위해서 엘리엇은 먼저 단의 설교를 다음과 같이 진단한다.

> 단의 설교들 또는 단의 설교의 단편들은 앤드류즈에 대해 거의 들어보지 못한 수백 명에게도 확실히 알려져 있다. 그리고 그들이 앤드류즈의 그것들보다도 더 열등하다는 이유로 정확하게 알려져 있다.

> Donne's sermons, or fragments from Donne's sermons, are certainly known to hundreds who have hardly heard of Andrewes; and they are known precisely for the reasons because of which they are

inferior to those of Andrewes. (*SE* 292)

위의 분석에서 우리는 단의 유명세를 엿볼 수 있다. 즉, 단의 설교는 앤드류즈를 들어 보지 못한 사람들에게조차도 알려져 있으며 또한 앤드류즈의 설교보다 열등하다는 이유로 잘 알려져 있다고 평가한다. 한 마디로 앤드류즈의 설교가 단의 설교보다는 우월하다고 엘리엇이 평가하는 것이다. 그러면서 엘리엇은 좀 더 구체적으로 접근하기 위해 스미스(Logan Pearsall Smith)가 행한 단에 대한 평가를 예로 든다.

그리고 그의 시 속에서와 마찬가지로 이들(설교들) 속에는 우리의 최종적인 분석을 여전히 회피하는 이해할 수 없으며 불가해한 어떤 것이 남아 있다. 이렇게 오래되고 장려할 만하며 교의에 관한 내용을 읽으면, 사고 그 자체로 단은 종종 다른 어떤 것, 신랄하고 개인적인 어떤 것 그러나 결국 우리에게 전달될 수 없는 어떤 것을 말하고 있음을 암시한다.

And yet in these, as in his poems, there remains something baffling and enigmatic which still eludes our last analysis. Reading these old hortatory and dogmatic pages, the thought suggests itself that Donne is often saying something else, something poignant and personal, and yet, in the end, incommunicable to us. (*SE* 292)

한마디로 스미스는 단의 설교를 부정적인 시각으로 바라보고 있다. 엘리엇도 스미스의 이러한 평가에 대해 찬성한다. 즉, 엘리엇도 비록 '전달될 수 없는'이라는 어휘에 이의를 주장할 수 있으며 그 단어가 종종 모호하지는 않은지 그리고 잘 알려지지는 않았는지를 묻기 위해

잠시 멈출 수도 있으나 그 진술 즉, 스미스의 진술은 본질적으로 옳다 (*SE* 292)며 스미스의 단에 대한 평가에 찬성한다.[5] 그러면서 이제는 엘리엇이 직접 단을 분석한다.

> 단에 대해서는 불순한 동기의 그림자가 걸려있다. 그리고 불순한 동기는 그들의 도움으로 쉽게 성공한다. 그는 약간 그들의 종교적 웅변가이며 당대의 존경받는 빌리[6] 주일이며, 아첨꾼, 정서적 유희의 마술사이다. 우리는 이러한 면을 그로테스크한 점까지 강조한다. 단은 훈련된 마음이 있었다. 그러나 그의 경험의 강도나 심오함을 축소시키지 않은 채, 그의 경험이 완벽하게 통제되지 않았으며 그는 영적 훈련이 부족했다고 할 수 있다.

> About Donne there hangs the shadow of the impure motive; and impure motives lend their aid to a facile success. He is a little of their religious spellbinder, the Reverend Billy Sunday of his time, the flesh-creeper, the sorcerer of emotional orgy. We emphasize this aspect to the point of the grotesque. Donne had a trained mind; but without belittling the intensity or the profundity of his experience, we can suggest that his experience was not perfectly controlled, and that he lacked spiritual discipline. (*SE* 292)

단의 설교에는 동기가 불순하며 이 동기 덕분에 성공할 수 있다고 엘리엇이 진단한다. 또한 단은 종교적 웅변가에 불과하다는 말 속에서 우리는 "진지함" 또는 "진정성"이 부족하다고 추론할 수 있으며 아첨

---

5) 스미스는 단의 설교의 내용들을 훌륭하게 선집으로 선정해 놓았으며 이 선집이 몇 년 뒤에 옥스퍼드 출판사(Oxford Press)에서 출판되었는데 엘리엇은 스미스가 단의 설교를 설명하고 이 설교들을 만족할 만한 방식으로 자세히 기술하려고 노력했다고 평가한다. (*SE* 292)
6) 1862년부터 1935년 미국의 복음전도자(evangelist)였다.

꾼이나 정서적 유회의 마술사, 바꾸어 말하면 단은 청중의 감정을 자극하여 홍분시킨다는 것이다. 그리고 그 정도가 너무 심하여 그로테스크할 정도에 이른다고 엘리엇이 주장하며 단의 설교의 특징을 다소 비우호적인 시선으로 바라본다. 그러나 여기서 홍미로운 사실은 문제가 전적으로 단에게만 있는 것은 아니라는 것이다. 즉, 엘리엇은 단이 훈련된 마음을 갖고 있지만 단 자신의 경험의 농도나 심오함을 축소시키지는 못했다고 분석한다. 여기서 엘리엇이 강조하는 것은 바로 경험의 강도나 심오함은 반드시 축소되어야 하며 동시에 완벽하게 통제되어야 한다는 것이다. 다시 말해 설교 속에 개인적인 경험이 그대로 투영되어 나타나서는 안 된다는 것이다. 그래서 단은 영적 훈련이 필요하다고 볼 수 있다.[7] 여기서 우리는 다음과 같이 엘리엇을 진단한다는 사실에 주목해야 할 필요가 있다.

> 그러나 그(엘리엇)의 시의 본질에서 가장 특징적인 변화는 그가 단과 다른 형이상학파들에게서 배웠던 계획을 버리는 것이다. 그가 지금 갈망하는 특성들은 덜 대중적인 17세기 대가인 랜슬럿 앤드류즈의 그것들이다. 그런데 그는 앤드류즈의 '영적 훈련'을 단의 변칙적인 긴장과 대조시켰다.

> Yet the most striking change in the texture of his verse is his abandonment of the devices that he learned from Donne and the other metaphysicals. The qualities for which he now aspires are those of a less popular seventeenth-century master, Lancelot Andrewes, whose 'spiritual discipline' he has contrasted with

---

7) 앤드류즈에게 초기 영국 교회는 두 가지 절박하게 필요한 것들이 있었다고 한다. 그것이 바로 "명백히 교리에 의거한 교육"과 "성직자와 목사 사이의 더 높은 개인적 생활수준"(Jones 재인용 160)이다.

Donne's broken intensity. (Matthiessen 193)

그러니까 위의 주장을 통해서 우리는 엘리엇은 앤드류즈의 영향으로 변화된 모습을 보이기 시작했다는 사실을 재차 알 수 있다. 그가 현재 열망하는 것은 17세기 초 영국에서 가장 우수한 설교가 중에 한 사람인 앤드류즈의 특성(Stevenson 223)이라는 사실에서 우리가 미루어 짐작할 수 있다. 엘리엇은 이와 같이 단의 "변칙적인 긴장"에는 반감을 보인 후에 앤드류즈를 평가하기 위해 다음 2행을 예로 든다.

이 세상에서 관상하며 그러한 평화를 맛보았던
그의 살아 있는 사랑을

Che in questo mondo,
Contemplando, gusto' di quella pace. (*SE* 293)

윗부분은 단테의 『신곡』(*Devine Comedy*)의 「천국」("Paradiso") 편 칸토(Canto) 31의 일부분으로서 엘리엇은 바로 이 두 행을 예로 들면서 "지성과 감성이 조화를 이루었고 그래서 그의 스타일상의 특별한 특성이 나타난다"(*SE* 293)고 간단히 정의한다. 이 진단은 바로 위에서 엘리엇이 단을 평가한 내용과는 대조를 보인다. 즉, 단은 자신의 경험을 완전히 통제시키지 못했다는 분석과는 대조를 이루는 것이다. 환언하면 단은 지나치게 자신의 경험의 표현에 의지해서 설교를 진행했으며 반면에 앤드류즈의 설교는 이 경험과 지성이 조화를 이루었다고 분석하는 것이다. 그러면서 엘리엇은 앤드류즈의 이런 조화로움을 증명하고자 하는 사람은 설교에 들어가기 전에 『개인기도』(*Preces Privatae*)라는 서적을[8] 검토해 보는 것이 현명하다고 주장한다. 이 서적 일부분에서 브라잇맨(Dr. Brightman)이 앤드류즈의 기도를 감탄할 정도로 평가해 놓았다면서 엘리엇이 다음 부분을 그 예로 사용한다.

그러나 구조는 단순히 외적인 계획 또는 구조가 아니다. 내부 구조는 외부만큼이나 밀접하다. 앤드류즈는 자신의 마음속에 간직하고 있는 아이디어를 개발한다. 그는 상세히 설명하지 않는다. 그러나 앞으로 전진한다. 그가 반복한다면 그것은 반복이 실제적인 표현의 힘을 갖고 있기 때문이다. 그가 축적하면 각각 새로운 단어나 구는 새로운 전개와 그가 말하는 것에 실제적인 추가를 나타낸다. . . . 그러나 원고에서 그 의도는 매우 분명하다. 기도문이 단락으로 배열되어 있을 뿐 아니라 다소 내부 구조와 이동의 단계와 시기를 표시하기 위해 앞으로 가면서 쉬기도 하는 행들로 배열되어 있다. 앤드류즈의 기도에서 형식과 주제 두 가지 모두는 종종 어느 정도 찬송가라고 묘사될 수 있다.

But the structure is not merely an external scheme or framework: the internal structure is as close as the external. Andrewes develops an idea he has in his mind: every line tells and adds something. He does not expatiate, but moves forward: if he repeats, it is because the repetition has a real force of expression; if he accumulates, each

---

8) 이 서적은 앤드류즈의 사적 기도로 이루어져 있는데 앤드류즈가 사망한 직후에 출판되었으며, 몇몇의 원고 복사본(manuscript copies)이 생존 시에 배포되었을지 모른다고 엘리엇이 주장한다. 그리고 한 개의 사본에는 로우드(William Laud)의 이름이 있는데 이것은 라틴어로 쓰여져서 그가 그리스어로 번역했으며 그 중 몇 가지는 히브리어(Hebrew)로 번역되었다. 그리고 그것이 몇 번 영어로 번역되었으며 가장 최근의 판(edition)이 바로 고(故) 브라잇맨의 번역인데 (Methuen, 1903년) 여기에는 흥미로운 소개가 함께 수록되어 있다. (SE 293) 또한 "이 저서는 앤드류즈의 개인적 기도의 수집품이며 앤드류즈는 매일 이 책을 사용했으며 그가 죽기 전 마지막 순간까지 그의 손에 있었던 서적"(Stevenson 2. 9)이었다고 한다. 그리고 또한 "영국 국교의 신앙적 글쓰기의 보석들" 사이에 있다는 사실에 동의한다(Pfaff 868).

new word or phrase represents a new development, a substantive
addition to what he is saying. . . . but in the manuscript the
intention is clear enough. The prayers are arranged, not merely in
paragraphs, but in lines advanced and recessed, so as in a measure
to mark the inner structure and the steps and stages of the
movement. Both in form and in matter Andrewes's prayers may
often be described rather as hymns. (*SE* 294−295)

위의 인용은 브라잇맨이 앤드류즈의 설교를 평가한 부분으로 앤드
류즈의 설교에 있어 구조상의 특징을 브라잇맨이 매우 정확하고 명료
하게 정의한다. 이러한 분석은 1926년의 예리한 독자들에게 영시에 대
한 광범위한 토론을 체계화시킬 수 있는 새로운 수단을 제시할 수 있
었다(Kenner 245)는 분석에서 우리는 당시에 앤드류즈에 대한 엘리엇
의 평가가 굉장한 반향을 일으켰다는 사실을 알 수 있다. 앤드류즈 설
교의 구조는 단순히 외적인 계획이나 구조에만 국한되어 우수한 것이
아니라 내부와 외부 구조가 매우 밀접하게 연결되어 있다는 것이다.
즉, 내부와 외부가 유기적인 통일성으로 연결되어 있다고 정의할 수
있다. 또한 앤드류즈는 자신이 중요시 여기는 아이디어를 끊임없이 개
발한다는 점에서 우리는 앤드류즈의 설교 준비 과정에서의 고뇌와 치
밀함을 엿볼 수 있으며 진부하게 자세히 설명하지 않는다는 사실도
주의 깊게 살펴보아야 할 대목이다. 다시 말해, 필요한 어구나 내용만
을 압축해서 이야기한다는 것이다. 또한 앤드류즈가 반복을 사용하는
경우에는 진정한 표현력을 갖고 있기 때문이라고 분석한다. 자칫 잘못
하여 지나친 반복에 의존한 나머지 지루함을 불러일으킬 수도 있겠으
나 앤드류즈는 어디까지나 표현력을 강화시키기 위해 이와 같은 방법
을 사용한다고 볼 수 있다. 또한 문장 구조에 있어서도 앤드류즈의 특

징을 알 수 있는데 실제로 그의 원고를 보면 그의 기도문은 단락으로 배열되어 있을 뿐 아니라, 내부구조와 이동의 단계를 표시하기 위해 행들이 앞으로 나아가거나 멈추기도 한다는 사실이다. 환언하면 글의 강약이나 음악적 효과를 위한 앤드류즈의 전략이라 할 수 있다. 아울러 한 단락 안에는 문장 구조상 한 개의 주 아이디어(main idea)가 있는 것인데 앤드류즈는 각각의 단락을 구성하는 과정에서 이 사실을 명심했다고 볼 수 있다. 부연하면, 한 단락은 한 개의 아이디어와 이를 보완해주는 보조적 상술(supporting details)로 구성되는 데 앤드류즈는 이 규칙을 잘 지켰다고 볼 수 있다. 한마디로 여러 가지 면에서 앤드류즈의 설교에는 우수성이 있다고 볼 수 있으며 아마도 엘리엇은 이러한 면들을 호감으로 여겼을 것임에 틀림없다. 이를 증명하기 위해서 엘리엇은 브라잇맨의 앤드류즈에 대한 평가에 대해서 다음과 같이 진단한다.

> 이렇게 우수한 비평의 제1부는 앤드류즈 설교의 산문에 균등하게 잘 적용될 수 있다. 성당 참사회 회원인 브라잇맨이 암시하는 것처럼, 성공회 교인들에게 성 이그나티우스의 수련과 성 프랑수아 드 살르의 작품과 같은 반열에 있어야 하는 기도 그 자체는 개인기도(앤드류즈는 매일 거의 5시간을 기도로 보냈다고 한다)와 앤드류즈가 윌리엄 로드에게 전수해준 공적 예배에의 전념을 예시하고 있다. 그리고 종교의 질서에 대한 그의 열정은 산문의 질서에 대한 그의 열정에 반영되어 있다.

> The first part of this excellent piece of criticism may be applied equally well to the prose of Andrewes's sermons. The prayers themselves, which, as Canon Brightman seems to hint, should take for Anglicans a place beside the Exercises of St. Ignatius and the works of St. Francois de Sales, illustrate the devotion to private

prayer (Andrewes is said to have passed nearly five hours a day in prayer) and to public ritual which Andrewes bequeathed to William Laud; and his passion for order in religion is reflected in his passion for order in prose. (*SE* 294)

위에서 우리는 앤드류즈의 주교로서의 기도에 대한 노력도 어느 정도인지를 알 수 있으나 여기서 관심을 가져야 할 것은 아마도 후반에 평가된 "종교의 질서에 대한 앤드류의 열정은 산문의 질서에 대한 그의 열정의 반영"이라는 사실이다. 즉, 앤드류즈는 종교적 질서는 물론 산문에 대한 그것도 매우 중요시했다고 볼 수 있다. 지금까지 앤드류즈에 대한 평가의 내용에는 개인적 정열과 질서의 조화 등이 거론되었다. 그런데 여기에 이어 한 가지 앤드류즈에게 있어서 흥미로운 사실이 있다.

그 자신도 신학자인 제임스 왕 앞에서 연설한 설교문에서 앤드류즈는 종종 더 많은 대중의 관중 속에서 연설했기 때문에 방해받지 않았다. 그의 박식함이 충분하게 발휘되었고 그리고 그의 박식함은 그의 독창성에 본질적이다.

And in the sermons preached before King James, himself a theologian, Andrewes was not hampered as he sometimes was in addressing more popular audiences. His erudition had full play, and his erudition is essential to his originality. (*SE* 294)

앤드류즈 설교의 우수성을 엘리엇이 위와 같이 분석하고 있다. 즉, 앤드류즈는 많은 군중 속에서 연설을 한 바 있기 때문에 — 1617년 부활절에 앤드류즈는 더럼 대성당(Durham Cathedral)에서 제임스 1세(James Ⅰ) 앞에서 설교를 한 바 있다(Stevenson 223)[9]–신학자이면서 왕인 제임스 앞에서도 설교에 큰 어려움이 없었다는 것이다. 이것을 엘리엇은 바로 앤드류즈의 박식함에 기인한 것이라고 보고 있다. 앤드류즈는 1589년에 신학 박사학위를 받았으며 또한 고대의 기독교 전통의 언어뿐 아니라 15개의 언어를 알고 있었던 것처럼 보이는데 여기에는 라틴어(Latin), 그리스어(Greek), 히브리어, 아람어(Aramaic), 시리아어(Syriac), 아라비아어(Arabic) 등이 포함되어 있다고 한다(Cummings 410). 그래서 엘리엇은 이러한 능력에서 나온 앤드류즈의 박식함이 곧 그의 독창성의 본질이라고 진단한다. 이를 증명할 수 있는 논리가 바로 엘리엇은 평소에 박식함 또는 현학적인 것을 선호했던 것일지도 모른다는 점이다. 그의 대표작『황무지』(The Waste Land)에 대해서 운터메이어(Untermeyer)는 "박식함을 진열해 놓은 것에 불과하다"(Selby 재인용 18)고 평가하는가 하면 그의『네 사중주』(Four Quartets)는 "엘리엇의 가장 광범위하고 가장 어려운 종교시"(Callow 86)로 알려져 있다.[10] 그러면서 엘리엇은 "앤드류즈는 교의에 본질이라고 생각하는 것을 설명하는 데 국한시키려 애썼고 그 자신은 16년 동안 단 한 번도 예정설(predestination)의 문제를 언급한 바 없다고 말했으며 성육신(Incarnation)[11]이 그에게는 본질적인 교리"(SE 294)라고 말하면서 앤

---

9) 1606년에 제임스 1세는 네 명의 주도적인 성직자들로 하여금 런던 서쪽의 옛 왕궁인 햄프턴 코트(Hampton Court)에서 몇 명의 스코틀랜드 장관들 앞에서 정해진 주제로 설교를 시켰다. 이들 네 명이 바로 로체스터의 주교인 발로우(William Barlowe, Bishop of Rochester), 성 길스의 교구목사인 버커리지(John Buckeridge, Vicar of St, Giles), 친체스터의 주교인 앤드류즈(Lancelot Andrewes, Bishop of Chinchester), 옥스퍼드의 그리스도 교회의 수석사제 킹(John King, Dean of Christ Church, Oxford)이었다(Klemp 15).

10) 스테픈(Stephen) 역시 "엘리엇은 시를 더 난해하게 만들었으며 그가 전개해 나가는 개념은 종종 복합적이다. 즉, 그의 신화와 다른 작가의 작품에 대한 언급이 오히려 그의 시로 하여금 교양 있는 독자들에게 더 호소력을 지닌다"(96)고 평가한다.

드류즈 설교의 스타일을 다음과 같이 분석한다.

> 그런 주제에 대하여 앤드류즈를 읽는 것은 위대한 그리스 학자
> 가 『분석론 후서』의 텍스트를 해석하는 것을 듣는 것과 같다.
> 즉, 구두점을 바꾸거나 불분명한 내용을 갑자기 명료하게 만들
> 기 위해 콤마를 넣거나 제거하며, 단 하나의 단어로 생각하며,
> 더 가깝고 가장 근소한 맥락으로 단어의 사용을 대조하며, 불안
> 하거나 비밀스런 강의 메모를 밝은 심오함으로 정화시키는 것
> 을 듣는 것과 같다.

> Reading Andrewes on such a theme is like listening to a great
> Hellenist expounding a text of the Posterior Analytics: altering the
> punctuation, inserting or removing a comma or a semicolon to
> make an obscure passage suddenly luminous, dwelling on a single
> word, comparing its use in its nearer and in its most remote
> contexts, purifying a disturbed or cryptic lecture-note into lucid
> profundity. (*SE* 294-295)

우리는 이 사실을 통하여 앤드류즈가 설교를 작성하는 데 얼마나 많
은 정성을 들이고 신중했는가를 알 수 있다. 즉, 구두점이나 콤마(,), 세
미콜론(;)과 어휘 하나의 사용에 이르기까지 매우 섬세한 앤드류즈 글
쓰기의 스타일을 엿볼 수 있다. 변형하면 엘리엇은 바로 앤드류즈가

---

11) 성육신에 대해서 보충하자면 다음과 같다. 이 말은 라틴어 Incarnatio에서 유래 했는데, 이를
분석하면 '육체(caro) 안에(in) 태어나는 것(natus)'을 의미한다. 즉, 하나님이 신 예수님께서 인
간이 되셔서 인간의 모습과 신분으로 살다가 죽으셨음을 의미한다. 그러나 예수님이 이 땅
에 사시는 동안 자신의 신성을 버리신 것은 결코 아니며 다만 완전한 인성을 획득하신 것뿐
이다. 그 분의 삶은 죄를 범하지 않은 완전한 삶이었으며, 그러기에 그 분은 죄인들을 위해
대신 죽으실 수 있었다. 또한 예수님이 자신이 인간으로서 시험을 당하시고 이를 극복하셨
기에 시험을 당해 괴로워하는 그리스도인들의 아픔을 아시고 그들을 능히 도와주실 수 있는
것이다(개역성경 신약 누가복음 2장 89쪽, 신학해설).

정확하고 정밀한 설교를 위해 혼신의 힘을 다한 모습을 호감으로 느꼈다고 볼 수 있을 것이다. 계속해서 엘리엇은 앤드류즈 설교의 특징을 다음과 같이 진단한다.

어휘에 대한 그의 천착이 엄청난 공감으로 끝나게 되는 것은 바로 우리 자신이 그의 산문에 심취해서 그의 사상의 움직임을 따라 갈 때뿐이다. 앤드류즈는 단어를 취해서 그것으로부터 세계를 추론한다. 우리가 소유할 수 있는 어떤 단어를 상상할 수 없었던 의미의 충분한 본질을 생산해 낼 때까지 단어를 압축하고 또 압축한다. 이런 과정에서 우리가 언급했던 특성들 중에서, 배열과 정밀성이 훈련된다.

It is only when we have saturated ourselves in his prose, followed the movement of his thought, that we find his examination of words terminating in the ecstasy of assent. Andrewes takes a word and derives the world from it; squeezing and squeezing the word until it yields a full juice of meaning which we should never have supposed any word to possess. In this process the qualities which we have mentioned, of ordonnance and precision, are exercised. (*SE* 295)

즉, 위에서 인상적인 것은 앤드류즈는 단어를 가지고 이 단어로부터 세계를 도출해 낸다고 한다. 다시 말해 앤드류즈는 단어가 세계를 잘 표현해 내기 위해서 단어의 본질적 의미를 생산해 낼 때까지 계속해서 단어를 압축하고 또 압축한다는 것이다. 이것이 곧, 이 글 서두에서 앤드류즈의 특성 중에 하나인 전체적인 배열과 정밀성이 훈련되어 있다고 볼 수 있다. 심지어 "앤드류즈의 언어 발명은 셰익스피어와 동위(同

位)였다"(Hamlin 재인용 1321)는 주장에서도 앤드류즈의 표현법상의
우수성이 어느 정도 였는지를 우리는 짐작할 수 있다. 특히 엘리엇의
「게론티온」("Gerontion")에서 다음 부분을 앤드류즈의 영향으로 보기
도 한다.

> 징조들이 기적으로 생각된다. "우리는 징조를 보고 싶다"
> 말 속의 말, 한마디도 말할 수 없는.
> 어둠에 싸인 말. 세월의 갱생과 더불어
> 호랑이 그리스도는 왔다.

> Signs are taken for wonders. 'We would see a sign!'
> The word within a word, unable to speak a word,
> Swaddled with darkness. In the juvescence of the year
> Came christ the tiger. (*CPP* 37)

이 부분은 앤드류즈에 대한 글을 쓰기 약 6년 전에 출판된 것으로서
앤드류즈의 설교에서 인용한 부분(Scofield 104)이며[12] 특히 '말속의 말,
한마디도 말할 수 없는'이라는 표현은 앤드류즈의 설교에 있었는데 엘
리엇이 여기에 '어둠에 쌓여진'을 추가 했다고 한다(Drew 51). 또 한 예
로 "호랑이 그리스도" 역시 앤드류즈의 "그리스도는 살쾡이가 아니다"
(Christ is no wild-cat)에서 차용한 것(Martin 27)이라고 본다. 이 외에도
1927년에 「에어리얼 포임즈」("Ariel Poems")의 제8판이 출판되었는데

---

12) 앤드류즈가 1618년 성탄절 설교에서 누가복음 2:12−14절의 내용을 엘리엇이 차용한 것으로
보고 있다(Herbert 21). 그 내용은 "너희가 가서 강보에 싸여 구유에 뉘어있는 아기를 보리니
이것이 너희에게 표적이니라 하더니, 홀연히 수많은 천군이 그 천사들과 함께 하나님을 찬
송하여 이르되 지극히 높은 곳에서는 하나님께 영광이요 땅에서는 하나님이 기뻐하신 사람
들 중에 평화로다 하니라."

이 여덟 번째 판의 『에어리얼 포임즈』(*Ariel Poems*)는 앤드류즈의 예수 공현설교(Epiphany sermon)에서 그 주제를 차용했다고 한다(Sencourt 115). 이와 같이 앤드류즈 내용은 엘리엇이 자신의 작품에 소재를 끼워 넣는 방식의 하나의 예가 되기 때문에도 흥미롭다(Willamson 109). 계속해서 엘리엇은 앤드류즈의 산문을 예로 들면서 자신의 생각을 이어간다.

> 나는 방법은 모른다. 그러나 우리가 구원을 들을 때 또는 구세주를 언급할 때 곧 우리의 마음은 우리의 피부, 우리의 일시적 상태, 우리의 육체적인 삶, 우리가 생각지 못하는 더 깊은 구원으로 운반된다. . . . 정말로 우리의 주된 생각과 관심은 그것을 위한 것이다. 분노에서 벗어나는 방법, 우리의 죄가 확실히 우리에게 가져다 줄 다가올 파멸로부터 구제받을 수 있는 방법일 것이다. 죄 그것이 우리 모두를 파멸시킬 것이다.

> I know not how, but when we hear of saving or mention of a Saviour, presently our mind is carried to the saving of our skin, of our temporal state, of our bodily life, and farther saving we think not of. . . . Indeed our chief thought and care would be for that; how to escape the wrath, how to be saved from the destruction to come, whither our sins will certainly bring us. Sin it is will destroy us all. (*SE* 296–297)

이 산문에 대해서는 엘리엇의 평가를 직접 살펴보는 것이 바람직할 것이다.

반복적이며 평온한 것처럼 보이지만 그럼에도 불구하고 가장

신중하고 질서정연한 방식으로 나아가는 이런 비범한 산문에
는 결코 기억을 저버리지 않는 번쩍이는 구가 종종 있다. 언어
에 있어서 모험과 실험의 시대에 앤드류즈는 주의력을 잡고 기
억에 감명을 주기 위한 그의 계획에 있어서 가장 기략이 풍부한
작가들 중 한 명이다.

In this extraordinary prose, which appears to repeat, to stand still,
but is nevertheless proceeding in the most deliberate and orderly
manner, there are often flashing phrases which never desert the
memory. In an age of adventure and experiment in language,
Andrewes is one of the most resourceful of authors in his devices for
seizing the attention and impressing the memory. (*SE* 297)

비록 앤드류즈의 산문은 반복을 중시하고 고요한 것처럼 보일 수도
있으나−평범하거나 지루함을 불러일으킬 수도 있으나− 신중하고 질
서가 정연하다는 것이다. 이 사실에서 우리는 엘리엇이 강조하는 것이
무엇인지 재차 확인할 수 있다. 그것은 바로 신중함과 질서정연함이
다. 아울러 "기억을 저버리지 않는 번쩍이는 구"라는 사실도 우리는
간과해서는 안 될 것이다. 다시 말해 엘리엇은 앤드류즈가 우리의 기
억 속에서 늘 살아남아 되새길 수 있는 어구를 사용한다는 사실을 암
시하고 있다. 결론적으로 산문이든 설교든 간에 앤드류즈의 것은 항상
우리의 기억 속에 남아서 되새기게 해 주는 효과가 있다는 것이다. 게
다가 그것이 지성과 감성의 적절한 조화를 이루었기 때문에 많은 대중
들에게 인상적으로 다가갔을 것임에 틀림없다. 그래서 언어의 모험과
실험에서 앤드류즈는 가장 기략이 풍부한 작가 중에 하나인데 그것은
바로 우리의 관심을 유도하고 기억에 감명을 주기 때문이라고 엘리엇

이 분석한다.[13) 이와 같이 앤드류즈를 평가한 후에 엘리엇은 단의 설교 일부분 2개를 예로 든다.

i) 나는 여기서 당신께 말하고 있습니다. 그러나 나는 그렇지만 같은 순간에 당신이 서로서로에게 말할 것이 무엇인지 고려하고 있습니다. 내가 끝냈을 때, 여러분 모두가 여기 없는 것은 아닙니다. 당신은 내말을 들으며 지금 여기에 있습니다. . . . 그렇고 그러한 개인적인 방문을 하기에는 이것이 가장 적기였고 지금 다른 모두가 교회에 있을 때입니다. 그리고 당신이 거기에 있게 될 것이기 때문에 당신은 거기에 있습니다.

I am here speaking to you, and yet I consider by the way, in the same instant, what it is likely you will say to one another, When I have done, you are not all here neither; you are here now, hearing me. . . . This had been the fittest time, now, when everybody else is at church, to have made such and such a private visit; and because you would bee there, you are there. (*SE* 298)

ii) 어제의 즐거움에 대한 추억, 내일의 위험에 대한 공포, 내 무릎아래의 밀짚모자, 내 귀의 소음, 내 눈 속의 빛, 어떤 것, 아무것도 아닌 것, 환상, 내 뇌의 키메라가 내가 기도할 때 괴롭힌다. 그래서 확실히 아무것도 없고 영적인 것들 속에서도 없고 이 세계에는 완벽한 것이 없다.

A memory of yesterday's pleasures, a feare of tomorrow's dangers, a straw under my knee, a noise in mine eare, a light in mine eye, an

---

13) 이 외에도 스티븐슨은 앤드류즈의 설교의 특징을 다섯 가지로 요약한다. 그것이 교회학적인(ecclesiological)설교, 전례(典禮)적 설교, 성서 해석학적인(exegetical) 설교, 목자(牧者 pastoral)적인 설교, 기도에 기초한 설교(devotional)이다(Stevenson 2, 6-9).

anything, a nothing, a fancy, a Chimera in my braine, troubles me
in my prayer. So certainly is there nothing, nothing in spirituall
things, perfect in this world. (*SE 298*)

이 두 가지 단의 설교에 대해서 엘리엇은 다음과 같이 단호하게 평
가한다.

> 이것들은 결코 앤드류즈에게는 다가올 수 없었던 생각이다. 앤
> 드류즈가 설교를 시작할 때 처음부터 끝까지 당신은 다른 어떤
> 것도 모른 채 그가 완전히 주제에 몰입하며, 그의 정서는 그가
> 주제로 더욱 깊이 침잠할 때 자라며, 그의 정서는 "고독(孤獨)"
> 즉, 그가 더욱더 확고하게 붙잡으려고 애쓰는 신비와 함께 마침
> 내 "혼자이게 된다."

> These are thoughts which would never have come to Andrewes.
> When Andrewes begins his sermon, from beginning to end you are
> sure that he is wholly in his subject, unaware of anything else, that
> his emotion grows as he penetrates more deeply into his subject,
> that his is finally "alone with the Alone," with the mystery which
> he is seeking to grasp more and more firmly. (*SE 298*)

위와 같이 엘리엇은 단의 설교에 대해서 평가하기를 앤드류즈는 전
혀 상상도 할 수 없는 생각이었다고 진단한다. 이것은 사고의 독창성
을 엘리엇이 이야기하는 것이 아니다. 앤드류즈가 설교의 주제에 전적
으로 몰입한 나머지 다른 어떤 것도 생각하지 않으며 정서가 상승하는
순간은 그가 주제에 더 깊이 들어갈 때라는 것이다. 이 주장으로 유추
해 볼 때 정서를 전혀 사용해서는 안 된다는 결론을 내릴 수는 없다. 다

만 정서는 말하고자 하는 주제 속으로 더 깊게 스며들 때에만 사용해야 한다는 것이다. 이것이 잘 수행되어서 앤드류즈의 설교는 어떤 다른 도움 없이도 완벽성에 도달한다는 것이다. 그러면서 엘리엇은 이제 앤드류즈와 단을 같은 평면 위에 놓고 동시에 평가하기에 이른다.

> 앤드류즈의 정서는 순전히 명상적이다. 그것은 개인적이지 않으며 그것이 적당한 명상의 대상에 의해 완전히 환기된다. 그의 정서는 전적으로 대상에 포함되고 그것에 의해 설명된다. 그러나 단에게는 항상 스미스가 그의 소개에서 말하고 있는 다른 어떤 것, 즉 좌절이 있다. 단은 어떤 의미에서 앤드류즈가 없는 개성이 있다. 그의 설교들은 자기표현의 수단이라고 우리는 느낀다. 그는 끊임없이 자신의 정서에 적합한 대상을 찾고 있다. 앤드류즈는 완전히 대상에 흡수되어서 적절한 정서에 반응한다. 앤드류즈는 *영적인 삶에 대한 맛*이 있다. 그러나 그것은 단에게는 타고나지 않았다.

> Andrewes's emotion is purely contemplative; it is not personal, it is wholly evoked by the object of contemplation, to which it is adequate; his emotions wholly contained in and explained by its object. But with Donne there is always the something else, the "baffling" of which Mr. Pearsall Smith speaks in his introduction. Donne is a "personality" in a sense in which Andrewes is not: his sermons, one feels, are a "means of self-expression." He is constantly finding an object which shall be adequate to his feelings; Andrewes is wholly absorbed in the object and therefore responds with the adequate emotion. Andrewes has the gout pour lar vie spirituelle, which is not native to Donne. (*SE* 299)

여기서 엘리엇은 앤드류즈와 단의 주된 차이점을 정확하고 상세하게 분석한다. 앤드류즈의 정서는 순수하게 명상적이며 이것이 개인적이지 않고 명상의 대상에 의해 앤드류즈의 정서가 환기된다는 것이다. 그리고 그의 정서가 완전히 대상에 포함된 채 그것에 의해서 설명된다는 것이다. 쉽게 말하면 앤드류즈의 정서는 대상에 완전히 몰입된 채 전달된다는 것이다. 이 논리를 시 창작 방법으로 변형하면 정서란 대상에 의한 완전한 변형물이 되어야 한다고 볼 수 있다. 반면에 단은 앤드류즈와는 차이를 보인다는 것이다. 그러나 그 차이가 특이성이나 독창성을 말하는 것이 아니라 "개성"이며 심지어 단의 설교는 "자아표현의 수단"이라는 주장에 우리는 관심을 가져야 한다. 이를 좀 더 강조하기 위하여 엘리엇은 단은 자신의 정서에 적합한 대상을 끊임없이 찾고 있다고 분석한다. 여기에서 엘리엇이 강조하는 것은 개인적 자아 표현이 아니라 자아 표현을 위한 대상 찾기라고 할 수 있다. 그래서 앤드류즈는 대상에 완전히 몰입되어 있고 적절한 정서전달을 위한 그 대상을 잘 찾았는데 단은 이것을 적절히 수행해 내지 못했다고 엘리엇이 분석한다. 간단히 말해 엘리엇이 현재 가장 표현하고 싶은 것은 그가 앤드류즈에게서 찾은 "순수하게 명상적인 정서에 필적할 만한 것"(Matthiessen 194)을 찾는 것이라 정의할 수 있다. 이 정서에 필적할 만한 것을 찾는 것이 엘리엇에게는 주요 과제가 되고 있으며 이 과제를 앤드류즈가 훌륭하게 실행으로 옮겼다고 보는 것이다. 그리고 또한 우리가 여기서 간과해서는 안 되는 것은 "대상에 대한 완전한 몰입"(Wholly absorbed in the object)라는 표현이다. 이 표현의 중요성에 대해서 부쉬(Bush)는 다음과 같이 진단한다.

"대상에 완전히 몰입한다는 것은" 이때부터 계속 삶과 예술에

있어서 엘리엇의 목표가 될 것이며, 그리고 적어도 『재의 수요
일』을 통해서 그가 주장하는 대상은 전통적으로 사고와 감정의
인정된 형식이 될 것이다.

Being "wholly absorbed in the object" will be Eliot's aim in life and
art from this time on, and at least through *Ash-Wednesday*, the
object he seeks will be a traditionally sanctioned form of thinking
and feeling. (110)

위의 주장을 통해서 "대상에 완전히 몰입하기"라는 명제가 엘리엇
에게 얼마나 중요했는지 알 수 있다. 이와 유사한 견해를 무디(Moody)
도 가지고 있다.

『재의 수요일』에서 지배적인 형식은 단테와 가톨릭 기도서 그
리고 아마도 또한 랜슬럿 앤드류즈의 설교와 개인 기도의 형식
으로부터 유래했다.

In *Ash-Wednesday* the dominant forms are derived from Dante,
from the Catholic liturgy, and probably also from the modes of
Lancelot Andrewes' sermons and private prayers. (138)

우리가 이와 같이 부쉬와 무디의 분석을 통해서 알 수 있는 공통적
인 사실은 엘리엇은 분명 앤드류즈의 영향을 받았다는 것이다. 앤드류
즈는 1602년 2월 17일 엘리자베스(Elizabeth) 앞에서 "재의 수요일"(Ash
Wednesday)이란 설교를 했는데 이 설교의 내용은 진리는 알지만 하나
님(God)을 외면한 사람들을 슬퍼하는 내용이다(Wesley 680). 그러니
까 『랜슬럿 앤드류즈를 위하여』(*For Lancelot Andrewes*)가 1928년 11월

20일 페이버 앤 콰이어(Faber and Qwyer)사에서 출간되었고 1932년
에『에세이 선집』(Selected Essays)에 포함되었다면『재의 수요일』이 19
30년에 출간된 것으로 보아 분명 앤드류즈의 영향이 있다고 볼 수 있
다. 그러면서「랜슬럿 앤드류즈」의 종반부에 가면 엘리엇은 단과 앤드
류즈에 대한 총체적인 평가를 내린다. 그는 단에 대해서 "그럼에도 불
구하고 단은 소중하며 이 둘 중에서 앤드류즈는 더 순수하고, 그의 유
대관계는 교회와 전통에 있기 때문에 더 중세적(medival)이며 반면에
단의 지성은 신학과 감성에 의해 만족되며 기도와 기도서에 의해 만
족된다"(SE 299)고 정의한다. 동시에 엘리엇은 "단은 더욱더 신비적
인데 이유는 그는 주로 인간에게 관심을 가지며 또 한편으로는 예수회
교의주의자들(Jesuits)과 공통점이 더 많고 또 한편으로는 칼뱅교도들
(Calvinists)과 공통점이 더 많기 때문"(SE 299)이라면서 단에 대해 다
음과 같은 아쉬움을 토로한다.

> 그는 그의 설교에서 그들의 감성의 즐거움을 찾는 사람들 또는
> 단어의 낭만적인 감각에서 "개성"에 매료된 채 개성에서 최종
> 적 가치를 찾고 영적 성직자 계급에는 단의 것보다 더 높은 곳들
> 이 있다는 것을 잊어버리는 사람들에게만은 위험하다.

> He is dangerous only for those who find in his sermons an
> indulgence of their sensibility, or for those who, fascinated by
> "personality" in the romantic sense of the word—for those who find
> in "personality" an ultimate value—forget that in the spiritual
> hierarchy there are places higher than that of Donne. (SE 299−300)

즉, 단의 설교 상의 낭만적 언어감각 속에서 개성에 매료되거나 자

신들의 정서의 즐거움을 그의 설교에서 찾거나, 단의 등급보다 더 높은 영적 등급은 없다고 생각하는 사람들에게는 단이 위험하다고 주장한다. 그러면서 엘리엇은 앤드류즈에 대한 자신의 생각을 표현하면서 「랜슬럿 앤드류즈」를 마무리한다.

> 앤드류즈는 어떤 한 세대에서는 결코 많은 독자를 갖지 못할 것이며, 그의 것은 결코 명시가 가진 불후의 명성도 없을 것이다. 그러나 그의 산문은 그것이 뉴먼의 어떤 설교[14]가 아니라면 그 언어로 된 어떤 설교의 산문보다 열등하지 않다. 그리고 그를 읽지 않는 훨씬 더 많은 대중들조차도 역사상 그의 위대성 - 영국교회 형성의 역사에서 둘째가라면 서러운 위치 - 을 기억하는 것이 현명할 것이다.

> Andrewes will never have many readers in any one generation, and his will never be the immortality of anthologies. Yet his prose is not inferior to that of any sermons in the language, unless it be some of Newman's. And even the larger public which does not read him may do well to remember his greatness in history—a place second to none in the history of the formation of the English Church. (*SE* 300)

비록 앤드류즈의 설교가 불후의 명시선집에 포함되지 않을지라도 그의 산문만큼은 어떤 설교의 산문에 뒤떨어지지 않는다는 찬사를 보

---

14) 사실 1926년에 엘리엇의 환상은 앤드류즈에 취해 있었는데 이 당시에는 테일러 또는 뉴먼의 웅변술이 뛰어났었다. 이에 비하면 앤드류즈는 이 둘 만큼의 낭랑한 음조나 리듬 그리고 고양된 웅변술을 갖추지 못했다고 한다. 이런 이유가 엘리엇으로 하여금 앤드류즈와 동질성을 갖게 된 계기라고 한다. 즉 "앤드류즈는 정열 또는 상상력이 아니라 계율, 위트(wit), 분석, 정밀성에 의존했다. 그는 교의의 본질을 고수하지만 자신의 시대의 욕구에 조심스럽게 대답하면서 후커의 합리성을 꾸준히 이어갔다"(Sencourt 101)고 분석한다.

내며 또한 대중들이 역사상 그의 위대성을 기억해 줄 것을 엘리엇이
바라고 있다.

Ⅲ. 나오는 말

지금까지 앤드류즈에 대한 엘리엇의 생각을 살펴보았다. 앤드류즈
는 설교자와 주교로서의 행동 그리고 신앙심으로 유명했지만, 엘리엇
의 「랜슬럿 앤드류즈」에서는 엘리엇이 앤드류즈의 신앙적인 측면에
초점을 맞춰서 의견을 전개하지는 않았다. 주로 엘리엇은 「랜슬럿 앤
드류즈」에서 앤드류즈와 단의 설교의 특징을 동일 평면 위에 올려놓
고 비교 · 분석하며 자신의 생각을 표현한다.

앤드류즈의 설교의 특징은 구조상의 견고함 및 정밀성, 그리고 어휘
사용의 정확성 및 적절한 긴장감을 지니고 있다고 엘리엇이 평가한다.
물론 앤드류즈는 고대 히브리어와 그리스어를 차용했기 때문에 읽는
것이 쉽지는 않지만 그래도 전달력에 있어서는 단보다는 우수하다고
평가한다. 특히 앤드류즈는 지성과 감성이 조화를 이루었으며 자신의
정서를 표현하기 위한 대상을 적절히 찾아냈다고 분석한다. 반면에 단
은 이것을 찾아내지 못하고 자신의 정서 표현에 의지했다고 평가한다.

참고문헌

이국진 편찬. 『투데이 컬러성경: 21세기 찬송가』. 서울: 한국성경학회, 2007.

이창배. 『T. S. 엘리엇 전집: 시와 시극』. 서울: 동국대학교 출판부, 2001.

황철암. 『T. S. 엘리엇: 회의와 참회의 순례자』. 서울: 건국대학교 출판부, 1994.

Bush, Ronald. *T. S. Eliot: A Study in Character and Style*. London: Oxford UP, 1983.

Callow, James T. and Robert J. Reilly. *Guide to American Literature: From Emily Dickinson to the Present*. New York: A Branes & Noble Outline, 1977.

Cummings, O. F. "Bishop Lancelot Andrewes (1555~1626), Liturgist." *Worship* 85.5 (2011): 408−424.

Dale, Alzina Stone. *T. S. Eliot: The Philosopher Poet*. Illinois: Harold Shaw Publishers, 1988.

Drew, Elizabeth. *T. S. Eliot: The Design of His Poetry*. New York: Charles Scribner's Sons, 1949.

Eliot, T. S. *The Complete Poems and Plays of T. S. Eliot*. London: Faber and Faber, 1978. [*CPP*로 표기함]

_____. *For Lancelot Andrewes: Essays on Style and Order*. London: Faber and Faber, 1970. [*FLA*로 표기함]

_____. *T. S. Eliot: Selected Essays: 1917~1932*. New York: Harcourt, Brace and Company, 1932. [*SE*로 표기함]

Hamlin, H. "Lancelot Andrewes: Selected Sermons and Lectures." *Renaissance Quarterly* 59.4 (2006): 1,320−1,321.

Herbert, Michael. *T. S. Eliot: Selected Poems*. London: Longman York Press, 1982.

http://100.daum.net/encyclopedia/view.do? docid=b15a0381a.

http://en.wikipedia,org/wiki/Robert-Bellarmine.

Jones, M. "The Voice of Lancelot Andrewes in Eliot's *Ash-Wednesday.*" *Renascence* 58.2 (2005): 153—164.

Jong-soo, Choi. *T. S. Eliot: His Art and Faith.* Seoul: Hanshin Publishing Co., 1992.

Kenner, Hugh. *The Invisible Poet: T. S. Eliot.* New York: Mcdowell, Obolensky, 1959.

Klemp, P. J. "Lancelot Andrewes, Plagiarism, and Pedagogy at Hampton Court in 1606." *Philological Quarterly* 77.1 (1988): 15—39.

Martin, Dorothea. "The Word Within a Word: Lancelot Andrewes and T. S. Eliot."『영미어문학』(한국영어문학회 경남지부) 37 (1996): 23—40.

Matthiessen, F. O. *The Achievement of T. S. Eliot: An Essays on the Nature of Poetry.* London: Oxford UP, 1976.

McCullough, P. E. "Lancelot Andrewes's Transforming Passions." *The Huntington Library Quarterly* 71.4 (2008): 573—590.

Moody, A. D. *Thomas Stearns Eliot: Poet.* London: Cambridge UP, 1979.

Pfaff, R. W. "Lancelot Andrewes: Selected Sermons and Lectures." ED. Peter McCullough. *The Sixteenth Century Journal* 38.3 (2007): 868.

Reisner, N. "Textual Sacraments: Capturing the Numinous in the Sermons of Lancelot Andrewes." *Renaissance Studies* 21.5 (2007): 662—678.

Scofield, Martin. *T. S. Eliot: the Poems.* London: Cambridge UP, 1984.

Selby, Nick. *T. S. Eliot: The Waste Land.* New York: Columbia UP, 1999.

Sencourt, Robert. *T. S. Eliot: A Memoir.* Somerset: Butler & Tanner Ltd., 1971.

Stephen, Martin. *An Introductory Guide to English Literature.* London: Longman Group Limited, 1984.

Stevenson, K. "Worship and Theology: Lancelot Andrewes in Durham, Easter

1617." *International Journal for the Study of the Christian Church* 6.3 (2006): 223−234.

_____. "Lancelot Andrewes on Ash Wednesday: A Seventeenth-Century Case Study in How to Start Lent." *Theology* 841 (2005): 3−13. [Stevenson 2로 표기 함]

Wesley, J. "Acting and Actio in the Sermons of Lancelot Andrewes." *Renaissance Studies* 23.5 (2009): 678−693.

Williamson, George. A Reader's *Guide to T. S. Eliot: A Poem-by-Poem Analysis.* New York: Farrar, Straus and Giroux, 1966.

제3장
마블에 대한 엘리엇의 평가와 실제[1]

Ⅰ. 들어가는 말

17세기 형이상학파 시인들(Metaphysical Poets)과 20세기 대표적 모더니스트로 평가받는 엘리엇(T. S. Eliot)은 시대상의 차이가 있음에도 불구하고 서로 밀접한 관계가 있다. 그 한 예로 엘리엇은 「형이상학파 시인들」("The Metaphysical Poets")이라는 글을 통하여 자신의 견해를 밝혔다. 이 글에서 엘리엇은 크레쇼(Richard Crashaw), 카울리(Abraham Cowley), 단(John Donne), 클리브랜드(John Cleveland), 마블(Andrew Marvell) 등을 총체적으로 묶어 약 10쪽에 걸쳐서 자신의 견해를 밝혔

---

[1] 이 논문은 한국현대영어영문학회의 『현대영어영문학』 제57권 4호, pp.177~199에 게재되었던 것을 수정 및 보완했음을 밝힌다.

다. 그런데 흥미로운 점은 마블과 관련해서는 엘리엇이 별개로 「앤드류 마블」("Andrew Marvell")을 작성하여 마블에 대한 자신의 생각을 표현한다는 것이다. 이 글의 특징이라면 여러 작가를 인용해 엘리엇이 자신의 의견을 개진하지만 그 중심을 마블에 두었다는 것이다. 본 연구는 엘리엇이 작성한 「앤드류 마블」을 집중 조명해 보면서 엘리엇의 마블에 대한 평가를 살펴보는 것이다. 물론 엘리엇과 형이상학파 시인들과의 관계에 대한 연구는 국내외에서 활발하게 진행되었다. 그 대표적인 선행 연구로서 해외의 경우 윈(Winn)이 「충분한 세계와 시간: 마블의 생애」("World Enough and Time: The Life of Andrew Marvell")에서 마블의 생애에 대한 연구와 그에게 있어 세계와 시간과의 관계를 논하고 있다. 그리고 국내에서 이종우는 「앤드류 마블과 시적 상상력」에서 마블의 시적 특성을 논하고 있으며 이윤섭은 「바로크적 전통과 T. S. 엘리엇의 시론」에서 바로크적 전통과 형이상학파 시인들의 관계를 논하면서 존단, 마블 등을 언급한 바 있다. 하지만 마블과 엘리엇의 관계에 대한 집중적인 연구는 현재까지 수행되지 않은 것으로 보이며 본 연구가 마블에 대한 엘리엇의 생각은 물론 엘리엇 전체의 작품 창작관을 이해하는 데 도움이 되기를 희망해 본다.

II. 본론

1. 마블에 대한 엘리엇의 평가

엘리엇은 「앤드류 마블」을 다음과 같이 시작한다.

헐[2]의 전직회원에 대한 300년제는 그 호의적인 자치구가 제안한 축하를 받을만할 뿐 아니라, 그(마블)의 글쓰기에 대한 어느 정도 진지한 반영으로써도 가치가 있다.

The tercentenary of the former member for Hull deserves not only the celebration proposed by that favoured borough, but a little serious reflection upon his writing. (*Selected Essays* 251)[3]

엘리엇은 이 기념제를 통하여 우리가 마블의 창작법을 고려하는 것은 하나의 경건한 행위가 될 수 있는데 그 이유를 죽은 명성을 부활시키는 것과는 매우 다르기 때문(*SE* 252)이라 하여 마블에 대한 재평가를 주장한다. 그러면서 엘리엇은 "마블은 비록 최고의 걸작으로 불리는 시는 매우 많지는 않으나 『황금 보물』(*Golden Treasury*)과 『옥스퍼드 영시집』(*Oxford Book of English Verse*)을 통해 매우 잘 알려져 있을 뿐 아니라 수많은 독자들이 즐겼음에 틀림없다"(*SE* 251)고 주장하여 마블 작품에 대한 대중적 명성을 인정한다. 그러나 중요한 사실은 마블을 가상적으로 공명정대하게 평가할 수 없기 때문에 마블을 평가하는 데

---

2) 일반적으로 헐(Hull)이란 마을은 12세기 후반에-1193- 설립된 것으로 보인다. 헐은 영국의 내란 시기에 전쟁터였으나 현재 이 도시는 경제와 문화, 공원과 매체(Media), 스포츠, 수송 등으로 유명하다. 특히 문화적인 측면에서는 박물관, 극장, 시, 음악, 축제 등이 열리며 "시"에 있어서는 오스트리아 작가인 포터(Peter Porter)는 이곳을 "영국에서 가장 시적인 도시"라고 불렀다. 또한 라르킨(Philip Larkin)은 자신의 많은 시들을 헐에서 창작했다고 한다. 그 외 헐과 관련된 시인에는 한난(Maggie Hannan), 휘틀리(David Wheatley), 오레일리(Caitrion O'Reilly) 등이 있고 마블과 관련해서는 그가 이 근처에서 태어나서 자랐고 교육받았다고 한다. 또한 1659년부터 마블은 헐의 국회의원으로 돌아왔고 사망 시까지 계속해서 사무적인 태도로 그 직을 수행하였다. 그는 비록 대중연설가는 아니었으나 훌륭한 의원이었고 헐의 이익을 위해 헌신한 바 있다(Norton 198). 이와 같은 여러 가지 사실들로 유추해 볼 때 헐과 마블과의 관계는 매우 밀접하다고 볼 수 있으며 현재 마켓 광장(Market Square)에 마블을 기념하는 동상(status)이 있다 (wikipedia.org/wiki/kingston-upon-Hull).
3) T. S. Eliot. *Selected Essays:1917~1932*(New York: Harcourt, Brace and Company. 1932).이하 본 논문에서는 *SE*와 쪽수만 표기함.

는 어려움이 있음을 엘리엇은 솔직히 고백한다. 그 어려움에 대해 엘리엇은 "생각할 필요성이 있다면 우리는 그 자신의 이익이 아니라 우리 자신의 이익을 위해 그를 생각할 수도 있다"(*SE* 251)고 할 정도로 우리가 마블을 자위대로 평가할 수 있음을 거듭 주장한다. 이와 같은 마블의 평가에 대한 어려움은 다음과 같은 마블의 특성 때문이라고 볼 수 있을 것이다.

> 우리는 마블을 비범하게 재능 있고, 가난하며, 화 잘 내며 과묵하고, 호전적이며 겸손하며 경쟁심 강하고 조급하며 인내심 많고, 경건하고 정설에 따르지 않고 비례(非禮)적인 사람으로 간주한다. 그런데 분명히 당신을 예술뿐 아니라 인생에서도 매우 놀라게 할 수 있다.
>
> We see Marvell as extraordinary gifted, deprived, resentful, reticent, combative, self-effacing, competitive, impatient, tolerant, devout, unorthodox and irreverent: evidently quite capable of taking you by surprise in life as well as in art. (Smith 653)

위의 평가를 통해서 우리는 마블을 단정적으로 평가할 수 없다는 사실을 알 수 있다. 이와 같은 마블의 평가의 어려움에 대해 스미스(Smith)는 마블을 카멜레온(chameleon)(654)이라고 평가했는가 하면 휫테이커(Whitaker) 역시 마블을 카멜레온의 삶을 보낸 시인(369)으로 평가한다. 이와 같은 평가로 유추해 볼 때 마블은 여러 가지 측면에서 자신의 특색을 각각 상황에 맞게 변형시켰다고 볼 수 있다. 환언하면, 그만큼 다양한 특징을 소유한 인물이 바로 마블이라고 할 수 있다. 이와 같은 몇몇 평가를 통해서 우리는 마블에 대한 진정한 평가의 기준이 무엇일까라는 궁금증을 가질 수 있다. 이 궁금증에 대해 엘리엇은 시인을 평가하는 과정에 대해서 "시인을 다시 살아 돌아오게 만드는 것은 두 세편의 시들의 본질적인 물방울(drops)을 압축해 내는 것이며, 심지어 우리 자신을 이 물방울에 제한시켜 보아도 우리는 현재까지 알려지지 않은 어떤 약간의 소중한 액체를 발견할 수도 있을 것"(SE 251)이라고 주장한다. 엘리엇의 시인에 대한 평가 기준을 알 수 있는 주장으로서 여기서 소중한 액체란 작가의 작품 중에 아직 발견되지 않은 최고의 정수를 찾아내는 것이라 할 수 있다. 이러한 사실로 유추해 볼 때 우리는 엘리엇이 작가를 평가하는 기준은 다작이 아니라 발견되지 않은 채 수면 깊숙한 곳에 위치해있는 작품을 발굴하여 그 진가를 평가하는 것임을 알 수 있다. 이 논리는 엘리엇이 1932년에 작성한 「존 포드」("John Ford")―「앤드류 마블」을 1921년에 작성함―에서도 밝힌바 있다.

> 심지어 일생의 작품 없이도 몇몇 극작가들은 단일의 극작품속의 형(形)의 만족할 만한 통일성과 중요성에 영향을 줄 수 있는데 이 통일성은 수많은 정서와 감정의 깊이와 통일성에서 나온 것이지 극적이며 시적 기술에서만 나온 것은 아니다.

> Even without an *Oeuvre*, some dramatists can affect a satisfying unity and significance of pattern in single plays, a unity springing from the depth and coherence of a number of emotions and feelings, and not only from dramatic and poetic skill. (*SE* 171)

즉, 엘리엇이 강조하는 점은 수많은 정서와 감정의 깊이와 통일성이라는 사실을 알 수 있다. 그러면서 엘리엇은 비평작업으로 마블을 평가하는 방법을 다음과 같이 이야기한다.

> 등급을 결정하는 것이 아니라 이런 특성을 분리하는 것이 비평
> 작업이다. 그 자체로 대단한 양은 아니지만 마블의 모든 시 중
> 에서 정말로 귀중한 작품은 단 몇 편의 시로 이루어져 있다는
> 사실은 우리가 말하는 알 수 없는 특징은 아마도 개인적 특성이
> 라기보다는 문학적 특성이거나 또는 더 사실적으로 말하면 그
> 것은 문명의 특징이며 전통적 생활방식의 특징이라는 사실을
> 나타낸다.

> Not to determine rank, but to isolate this quality, is the critical
> labour. The fact that of all Marvell's verse, which is Itself not a
> great quantity, the really valuable part consists of a very few poems
> indicates that the unknown quality of which we speak is probably a
> literary rather than a personal quality; or, more truly, that it is a
> quality of a civilization, of a traditional habit of life. (*SE* 251)

위의 주장을 통해서 우리는 엘리엇에게 비평작업이란 매우 많은 작
품을 평가하는 것이 아닌 소수의 작품의 정수를 탐색해 내는 것이라는
사실을 재차 확인 할 수 있다. 이 논리를 마블에 적용해 보면 비록 마블
에게 있어서 진정으로 가치 있는 시는 단지 극소수에 불과하지만 우리
가 알 수 없는 마블의 특성은 개인적이라기보다는 문학적인 것에 초점
을 두어야 한다고 볼 수 있다. 다시 말해 엘리엇은 우리가 마블을 특징
짓는 데 있어서 알지 못하는 것은 개인적 특징이 아니라 문명과 전통
적 생활 방식의 특성이라고 진단하는 것이다. 우리는 여기서 엘리엇이
개인적 자질 혹은 개인적 특성이 아니라 문학의 보편적 특성을 강조하
고 있음을 알 수 있다. 그 문학의 보편적 특성에 대해서 엘리엇은 단 또

는 보들레르(Charles Baudelaire)와 라포르그(Jules Laforgue)와 같은 시인들은 거의 한 시대의 의식을 창조한 인물이며 동시에 이들은 하나의 정서나 도덕 체계로 간주될 수 있다(SE 251)고 정의한다. 즉, 마블과는 달리 이 세 시인들은 문학적 특성이 분명하게 규명될 수 있다는 것이다. 그러나 엘리엇은 이 세 시인들 중에서 유일하게 단 만은 문학적 특성을 규명하는 것이 난해하다고 주장한다.

> 단은 분석하기가 어렵다. 그 이유는 한 때 신기한 개인적 관점으로 보이는 것이 다른 때에는 그 주위에 흩어진 일종의 정서의 정확한 집중으로 보일 수 있기 때문이다.

> Donne is difficult to analyse: what appears at one time a curious personal point of view may at another time appear rather the precise concentration of a kind of feeling diffused in the air about him. (SE 251)

그러면서 엘리엇은 분석 작업이 난해하다는 단과 본 글―「앤드류 마블」―의 주인공인 마블을 동일 평면 위에 놓고 "단은 모든 시대와 장소에서 한 개인이었을지 모른다. 그러나 마블의 최고의 시는 유럽 즉, 라틴 문화의 산물"(SE 252)이라고 평가하기에 이른다. 이와 같은 엘리엇의 주장을 통해서 우리는 단과 마블이 서로 대치되고 있음을 알 수 있다. 즉, 단은 모든 시대와 장소를 불문하고 한 개인으로 통했지만 마블은 그 규모가 유럽 문화의 산물이라고 할 정도로 광범위하다는 것이다. 그만큼 규모면에 있어서는 단보다 마블이 더 방대하다고 볼 수 있다. 이러한 평가에 이어서 엘리엇은 "17세기는 두 가지 특성, 즉 위트(wit)와 과장(magniloquence)을 별개로 분리했다"(SE 252)며 이 두 가지를 정의하는 방식에 대해 논리적으로 자신의 견해를 밝힌다.

> 그 이름이 함축하는 것처럼 보이는 것만큼 단순하거나 이해할
> 수 없는 것이 아니며, 그 두 가지는 실제로 대조적이지 않다. . .
> 마블과 카울리, 밀턴과 다른 작가들의 실제 시는 다양한 비율의
> 혼합이다.4) 그래서 우리는 그 용어들을 너무 광범위한 함축으
> 로 사용하지 않도록 경계해야 한다. 이유는 문학비평이 다루는
> 다른 유동적 용어와 마찬가지로 그 의미는 시대와 더불어 변화
> 하며, 더 명확히 하려면 우리는 어느 정도 독자의 교양과 좋은
> 취향에 의존해야 하기 때문이다.

> Neither is as simple or as apprehensible as its name seems to imply,
> and the two are not in practice antithetical. . . The actual poetry, of
> Marvell, of Cowley, of Milton, and of others, is a blend in varying
> proportions. And we must be on guard not to employ the terms
> with too wide a comprehension; for like the other fluid terms with
> which literary criticism deals, the meaning alters with the age, and
> for precision we must rely to some degree upon the literacy and
> good taste of the reader. (*SE* 252)

엘리엇은 거의 모든 시대는 어느 정도 위트와 과장이 다양하게 혼
합되어 있으며 우리가 이 두 가지 용어를 너무 광범위하게 사용해서
는 안 된다고 주장한다. 그 이유는 이 두 가지 의미는 시대에 따라 변하
며 전적으로 독자의 취향에 어느 정도 의존하기 때문이다. 이 사실을
부연설명하기 위해서 엘리엇은 "찰스 II세(Charles II) 시대의 시인들

---

4) 그러나 흥미로운 사실은 럭즐리(Loxley)는 카울리의 「자유에 관하여」("Upon Liberty")와 마블의
「그의 수줍은 여인에게」에서의 "힘"(power)과 "삼키다"(devour)라는 표현은 카울리의 잠재적인
영향으로 보며 마블 역시 여러 작가의 영향을 받았다고 주장한다(Loxley 165~185 참조).

의 위트는 셰익스피어(William Shakespeare), 드라이든(John Dryden), 포우프(Alexander Pope)와 스위프트(Jonathan Swift)의 위트가 아니라고 주장한다"(SE 252). 이러한 주장을 통해서 우리는 위트와 과장은 시대에 따라 변하며 또한 그 의미를 다르게 해석해야 한다는 사실을 잘 알 수 있다. 엘리엇은 위트에 대한 자신의 주장을 조금 더 강화시키기 위해서 셸리(Percy Bysshe Shelley)와 키이츠(John Keats), 워즈워스(William Wordsworth), 테니슨(Alfred Lord, Tennyson), 브라우닝(Robert Browning)과 예이츠(William Butler Yeats) 그리고 하디(Thomas Hardy)를 지목하여 예이츠는 전통에서 완전히 벗어났으며 하디도 이런 위트의 우수성을 소유하지 못했다고 주장한다(SE 252). 이와 같이 엘리엇은 형이상학파 시인들과 20세기 시인들을 예로 들어 서로 상반되게 평가하며 또한 17세기 프랑스 시인 중 한 사람인 "라퐁텐(Lafontaine de la Mouffe)과 역시 프랑스 시인이자 소설가인 코티에르(The'ophile Gautier)에게는 이런 위트의 우수성이 존재한다"(SE 252)고 평가하여 서로 대조를 이룬다. 종합해 보면 엘리엇은 마블과 카울리의 시에는 위트가 존재하지만 낭만주의 시인과 현대 시인인 예이츠와 하디는 위트가 부재하며 프랑스의 라퐁텐과 코티에르는 위트를 소유했다고 진단하는 것이다.

다시 본제로 돌아와 엘리엇은 마블의 우수성을 "마블은 청교도라기보다는 그 세기의 인물이기 때문에 밀턴(John Milton)보다도 더 분명하고 솔직하게 그의 문학적 시대의 목소리로 말한다"(SE 253)고 평가한다. 즉, 엘리엇은 마블이 밀턴보다 시대의 목소리를 더 명확하게 전달한다고 평가하는 것이다. 그런데 이와 같은 평가는 "마블은 무엇보다도 당대의 산물"(Targoff 687)이며 "마블은 고전 시대에만 유일하게 관련된 것은 아니고 고전 시대와 연결된 철학 속에 당대 경향을 반영하도록 노력했다"(Edmundson 294)는 평가를 통해서 우리는 마블이 시대적 목소리를 정확하게 대변한 인물임을 알 수 있다.

지금까지 마블에 대한 엘리엇의 평가를 간략하게 살펴보았다. 엘리엇은 마블이 비록 소수의 작품을 창작한 작가였음에도 불구하고 그의 몇몇 작품에 대해서는 우리가 신중하게 평가할 필요가 있으며 마블의 시는 개인적 창조물이 아닌 유럽 문화의 산물이라고 할 정도라며 찬사를 보낸다. 아울러 마블의 작품에는 낭만주의 시인-셸리, 키이츠, 워즈워스와 20세기 시인 예이츠와 하디 등-과는 달리 위트가 있으며 밀턴보다도 자신의 문학적 목소리를 내었다고 평가한다.

2. 마블에 대한 엘리엇 평가의 실제

제II장 1절에서 살펴본 것과 같이 마블의 우수성을 진단한 후에 이어서 엘리엇은 마블의 작품에 대한 실제적인 평가에 들어간다. 엘리엇은 마블이 문학적으로 시대의 목소리를 강하게 표현한 작품으로 「그의 수줍은 여인에게」("To His Coy Mistress")를 지목한다. 이 작품에 대하여 엘리엇은 "주제가 유럽문학에서 매우 전통적으로 기억해 둘만한 시구 중 하나이며,5) 동시에 루크레티우스(Titus Lucretius)와 카툴루스(Gaius Valerius Catullus)에게서도 찾아볼 수 있다"(SE 253)고 주장한다. 다시 말해 「그의 수줍은 여인에게」는 단 몇 행만으로도 전 세계인들이 인식할 수 있다고 평가하는 것이다. 그러면서 엘리엇은 마블의 창작 기법상의 특징을 "마블의 위트가 새로워지는 곳에서는 주제도 변화되고 이미지의 배열도 변화된다"(SE 253-254)고 진단한다. 이 사실

---

5) 그 시구로 엘리엇은 "오, 나의 연인이여, 장미 봉우리를 모으세요, 가세요, 사랑스런 장미여"(O mistress mine, Gather ye rosebuds, Go, Lovely rose. SE 253)라고 진단한다. 다시 말해 엘리엇은 이 시구는 전 세계적으로 알려져 있다고 평가하는 것이다.

을 통해서 우리는 마블이 사용한 위트의 우수성과 이미지의 배열 및 주제의 다양성을 엘리엇이 동시에 칭찬하고 있음을 알 수 있다. 이러한 마블의 기법상의 위대성에 대해서는 "마블은 자신의 위트와 문학적 기술로 인하여 생존할 수 있었다"(Hirst 698)는 평가 또는 "마블은 최고의 객관성을 보장하기 위하여 현실과 거리를 유지하면서 완벽하게 자신의 실험을 통제한다는 버거(Berger)의 평가"(Disanto 재인용 170) 등이 마블에 대한 엘리엇의 평가와 유사하다. 이와 같은 평가를 좀 더 명확하게 입증하기 위해서 엘리엇은 마블의 작품을 직접 예로 들어 자신의 의견을 구체적으로 전개한다. 먼저 그는 「그의 수줍은 여인에게」의 서론 부분을 예로 든다.

> 우리가 충분한 세계와 시간만 갖고 있다면,
> 이 수줍음은, 님이여, 죄가 되지 않으리라.
> 그러면 우리는 앉기도 하고 어느 길을 걸어갈 것인가를
> 생각하기도 하며, 우리의 긴 사랑의 날을 보낼 수 있으리라.
> 그대는 인도의 갠지스 강가에서
> 홍옥을 찾을 수 있을 것이고, 나는 험버강의
> 물가에서 한탄할 수도 있으리라. 나는 노아의 홍수
> 10년 전에 그대를 사랑할 수 있을 것이고,
> 또 그대는, 원하기만 하면, 유대인들이
> 개종할 날까지 거절할 수도 있으리라.
> 나의 식물 같은 사랑은 제국보다
> 더 거대하게 그리고 더 천천히 자랄 것이며.

> Had we but world enough and time,
> This coyness, lady, were no crime,
> We would sit down, and think which way

To walk, and pass our long love's day.
Thou by the Indian Ganges's side
Shouldst rubies find; I by the tide
Of Humber would complain. I would
Love you ten years before the Flood,
And you should, if you please, refuse
Till the conversion of the Jews;
My vegetable love should grow
Vaster than empires and more slow. (*SE* 254)

여기서 시인 즉 마블이 우리에게 상기시키는 시간이란 단지 지나가
버리는 것에 불과한 것이 아니라 우리를 추적해서 결국 패배시킨다
(Greenberg 83)는 역발상적인 구상에 대한 평가와 유사하게 엘리엇은
"마블이 유쾌함으로 시작해서 경이로움을 유발할 수 있는 환상으로 작
품을 창작 한다"(*SE* 254)고 평가한다. 다시 말해 시작 부분은 가볍고
경쾌한 어조로 출발하지만 경이로움과 환상으로 독자를 이끌고 갈 수
있는 능력을 마블이 소유했다고 볼 수 있다. 윗 시행들은 아이러니가
섞인 과장이라는 분석(Abrams 123)과 유사하게 엘리엇은 "고감도와
농축된 이미지가 각각 원초적 환상을 확대시키면서 연속적으로 이어
지는 것을 우리가 볼 수 있다"(*SE* 254)고 판단한다. 즉, 이미지의 농축
성을 엘리엇이 주의 깊게 관찰하고 있다. 이는 작가가 이미지를 사용
할 때 그만큼 신중해야 한다는 논리를 강조하는 것으로서 마블은 "수
사학에 의존해 자신의 독특한 형이상학적 스타일을 정확하게 연출해
낸다"(Barnaby 335)고도 볼 수 있다. 이와 같은 평가를 통해 우리는 마
블만의 고유한 스타일을 인식할 수 있다. 즉, 전형적이고 고요한 마블
식(Marvellian)의 위트(Whitworth 421)를 사용하거나 "비평가들이 마

블의 위트로 시선을 돌릴 때 그가 사용한 익살에 대해서 결국 묵례를
하게 되는 위트"(Kuzner 재인용 1024)라는 점이 우리에게 흥미를 제공
한다. 결국 엘리엇은 "마블이 사용한 이러한 위트가 마지막 부분까지
연속되어 요약될 때, 그 시는 갑자기 경이로움으로 돌변한다"(*SE* 254)
면서 중간 부분을 예로 든다.

> 그러나 나의 등 뒤에서 나는 언제나 듣노라,
> 시간의 날개 돋친 전차가 급히 가까이 오는 소리를;
> 그리고 우리 앞에는 저기 온통
> 막막한 영원의 사막이 가로 놓여 있다.

> But at my back I always hear
> Time's wing'ed chariot hurrying near,
> And yonder all before us lie
> Deserts of vast eternity. (*SE* 254)

윗부분에 대해서 엘리엇은 시적효과의 가장 중요한 전달 수단을 경
이로움으로 여기며 이 경이로움을 마블이 실현했다고 진단한다. 비록
엘리엇이 이렇게 평가한 이유를 구체적으로 밝히고 있지는 않으나 마
블이 사용한 위트에 대해 놀라움을 보이며 아낌없는 찬사를 보내고
있음에는 틀림없다.6) 그러면서 엘리엇은 카툴루스의 「일출과 일몰」
("Sunrise and Sunset")을 예로 들며 "마블의 시는 카툴루스에게서 볼 수
있는 라틴식의 웅장한 여운을 환기시키지는 않지만 그가 사용한 이미
지는 호라티우스(Quintus Horace)의 것보다 더욱 포괄적이고 더 깊은

---

6) 이 부분은 엘리엇의 『황무지』(*The Waste Land*)의 제3부 「불의 설교」("The Fire Sermon")에 나오는
"But at my back in a cold blast I hear/The rattle of the bones, and chuckle spread form ear to ear."(*CPP*
67) 행들을 마블의 「그의 수줍은 여인에게」를 연상케 하는 행들로 보기도 한다(Macrae 32).

심연을 통과 한다"(*SE* 254)고 평가하면서 더더욱 "만약에 현대 시인이 최고의 정점에 도달했다면 아마도 도덕적 회상으로 끝냈을 수도 있었 지만 마블의 시의 3개의 연(stanza)은 상호 간에 삼단 논법과 같은 관계 를 가지고 있다"(*SE* 254)고 분석한다. 다시 말해 마블의 시의 이미지는 더욱더 포괄적이고 그 깊이가 심오해서 아마도 현대 시인이라면 단순 히 도덕적 추억으로 종결시킬 수도 있었다며 마블이 사용한 시적 이 미지에 대해 호평으로 일관한다. 이어서 엘리엇은 「그의 수줍은 여인 에게」의 중간부분을 인용하여 위트에 대한 자신의 견해를 밝히고 결 론 부분을 인용하여 위트에 대한 자신의 주장을 좀 더 구체적으로 펼 친다.

> 우리의 모든 힘과 우리의 모든 감미로움을
> 굴려서 하나의 공으로 만듭시다.
> 그리하여 인생의 철문을 통하여
> 우리의 기쁨을 세차게 작렬시킵시다.
>
> Let us roll all our strength and all
> Our sweetness up into one ball,
> And tear our pleasures with rough strife,
> Thorough the iron gates of life. (*SE* 255)

엘리엇은 "이 시에는 위트가 존재한다는 사실을 부인할 수는 없지 만 그 위트가 위대한 상상력의 힘이 점점 강해지며 그리고 점점 약해 지는 형식을 취한다는 것은 명확하지 않을 수도 있다"(*SE* 254)고 주장 한다. 환언하면 마블은 분명히 자신의 작품에서 위트를 사용하고 있으 며 그 위트가 지닌 상상력의 강도가 점점 강해지거나 반대로 점점 약해진다고 단정 지을 수는 없다는 것이다. 이 논리를 증명하기 위하여 엘리엇은 위트의 특징을 다음과 같이 규명한다.

> 위트는 상상과 혼합될 뿐 아니라 그 속으로 융합된다. . . . 그것
> 은 진지한 아이디어의 구조적 장식이다. . . 사실 이러한 경박함
> 과 (진지함이 강화되는)진지함의 역할이 우리가 확인하려고 애
> 쓰는 일종의 위트가 지닌 특성이다.

> The wit is not only combined with, but fused into, the imagination.
> . . . It is structural decoration of a serious idea. . . In fact, this
> alliance of levity and seriousness(by which the seriousness is
> intensified) is a characteristic of the sort of wit we are trying to
> identify. (*SE* 255)

단적으로 엘리엇에게 위트란 경박함과 진지함의 연합이라고 정의할 수 있다. 그런데 이런 종류의 위트를 "고티에르(Gautier)나 보들레르와 라포르그의 댄디즘(dandysme),[7] 카툴루스와 존슨 그리고 프로페르티우스(Sextus Propertius)와 오비디우스(Publius Ovid)에게서도 찾아볼 수 있다"(*SE* 255)고 엘리엇은 진단한다. 환언하면 프랑스 시인들과 아우구스투스 시대 시인들은 위트를 사용했다는 것이 엘리엇 주장의 핵심이다. 그러면서 엘리엇은 시선을 그레이(Thomas Gray)와 콜린즈(William Collins)로 돌리며 "우리가 그레이와 콜린즈의 작품을 볼 때

---

7) 댄디즘이란 프랑스 문학과 영문학에서 가끔 19세기 부르조와 사회의 배격의 상징이 되고 그 가치보다 우월하다는 주장의 상징이 된, 옷과 예법의 우아함. 댄디(멋장이 남자)가 퇴폐적인 사회에 반항하는 영웅적인 개인이라는 견해는 보들레르의 논문 "댄디"(Le Dandy)에 예시되어 있다. 오스카 와일드(Oscar Wilde)의 글에서 댄디는 흔히 도덕률이라기보다 미학의 법칙에 의해 산다고 은연 중에 시사하는 경구(epigram)를 말하는, 기지가 풍부한 재인(才人)이다. 댄디즘의 전통과 관련된 다른 작가들은 프랑스의 쥘르 바르베이 도르비(Jules Barbey d'Aurevilly)와 영국의 불워리튼(Bulwer-Lytton)이다(이명섭, 94-95).

고도의 정교함은 단지 언어에만 있고 정서로부터는 사라졌으며 이들은 대가들임에도 불구하고 인간의 가치에 지속되어 온 것, 즉 인간의 경험을 완벽하게 포착하지 못했다"(*SE* 256)고 평가한다. 환언하면 그레이와 콜린즈는 언어의 정교함은 유지했지만 정서의 정교함을 찾아볼 수 없다는 것이다. 그러면서 엘리엇은 "즉각적이며 아무런 의도 없이 웃음을 유발하는 이미지는 단순한 환상"(*SE* 266)이라며 상상과 환상을 시적 위트라는 시각에서 구별하기에 이른다. 즉, 즉석에서 아무런 목적 없이 웃음을 유발하는 이미지는 단순한 환상에 불과한 것으로서 엘리엇은 일종의 수정처럼 맑은 금속 유리잔(Kuzner 1024)으로 평가받는 『애플톤 저택에 관하여』(*Upon Appleton House*)[8])에서 마블이 이러한 이미지를 사용한다고 지적한다.

> 그래서 단조로운 집이 땀을 흘리며
> 주인의 위대함을 어렵게 참아낸다.
> 그러나 주인이 오자, 팽창한 저택이 흔들리며
> 광장이 둥글게 변한다.
>
> Yet thus the leaden house does sweat,
> And scarce endures the master great;

---

8) 넌 애플턴(Nun Appleton)에서 머무르며 작성한 시에 대한 결론에서 스미스(Smith)는 "마블은 1652년 말에 영시의 토대를 혁신했으며"(Klawitter 재인용 271) 그의 『애플톤 저택에 관하여』는 특별히 익살이 풍부한 현장(Whitworth 420)으로 평가 받는다.『호라티우스 풍의 송시』이후에 마블은 영국의 내란기에 의회 총사령관이었던 페어펙스 장군(Lord Fairfax)의 딸의 가정교사로서 크롬웰의 후견인의 가정교사로 그리고 밀턴의 보조원으로 그리고 1659년부터 사망 시까지 협의 국회의원을 지냈다.『애플톤 저택에 관하여』는 페어펙스에게 헌사한 작품으로서 마블의 시를 창작하는 데 영향을 주었다. 존슨이 묘사하고 덴함(Denham)이 이어받은 자연과 시골 생활의 전통이 『애플톤 저택에 관하여』에 나타나지만 그것이 마블에 의해서 더욱 확대되었다(Williamson 220)는 사실을 통하여 『애플톤 저택에 관하여』가 지닌 창작성의 우수성을 엿볼 수 있다.

But, where he comes, the swelling hall
Stirs, and the square grows spherical. (*SE* 256)

이 시를 엘리엇이 인용하는 이유는 목적 없이 웃음을 유발하기 위한 이미지는 단순한 환상에 불과하다는 것을 주장하기 위함이며 더더욱 엘리엇은 "이 시는 의도가 무엇이건 간에 의도했던 것보다는 더 불합리하다"(*SE* 256)고 주장하여 잘못된 이미지의 사용을 지적한다. 아울러 엘리엇은 또 한 부분을 예로 들면서 더 흔한 이미지의 실수를 범한다고 주장한다.

그리고 이제 연어잡이 어부들이 물에 들어가고
가죽배들이 돛을 올리기 시작한다.
그리고 신발 신은 앤티파즈들처럼
그들의 머리를 카누에 고정시킨다.

And now the salmon-fishers moist
Their leathern boats begin to hoist;
And, like Antipods in shoes,
Have shod their heads in their canoes. (*SE* 256)

역시 위의 작품도 『애플톤 저택에 관하여』의 일부분으로서 엘리엇은 이와 같이 두 부분을 지적하며 마블이 사용한 이미지의 오류를 지적한다. 그러나 이와는 대조적으로 「그의 수줍은 여인에게」에 나타난 이미지는 위트가 있을 뿐 아니라 콜리지(Samuel Taylor Coleridge)의 상상력에 대한 설명을 만족시킨다면서 콜리지의 분석을 먼저 예로 든다.

이런 힘은... 대립 또는 불협화음의 특성의 균형 또는 화해, 동질성과 차별성, 일반적인 것과 구체적인 것, 아이디어와 이미지, 개별적인 것과 대표적인 것, 새롭고 신선한 감각과 낡고 친숙한 대상, 일상적인 정서의 상태와 일상적 질서 이상의 것, 항상 깨어있는 판단과 꾸준한 침착성을 열정과 심오하거나 격렬한 정서와의 균형 있는 화해에서 나타난다.

This power . . . reveals itself in the balance or reconcilement of opposite or discordant qualities: of sameness, with difference; of the general, with the concrete; the idea with the image; the individual with the representative; the sense of novelty and freshness with old and familiar objects; a more than usual state of emotion with more than usual order; judgement ever awake and steady self-possession with enthusiasm and feeling profound or vehement. (*SE* 256−257)

그러면서 엘리엇은 위의 콜리지의 진술은 마블의 다음과 같은 시 행들에 적용될 수 있는데 엘리엇이 이 부분을 인용하는 이유는 시구들의 유사성과 마블이 종종 단행들로 소개하는 행중 휴지(caesura)를 자세히 설명해 주기 때문(*SE* 257)이라 한다.

황갈색의 찡그린 얼굴이 다음에 들어온다.
이들은 푸른 바다를 도보로 걷는
이스라엘리티즈처럼 보인다...

. . . .

푸른 그늘에서 푸른 생각으로 이루어진
모든 것을 전멸시키며...

그것이 오래 살았더라면, 그것은
외부로는 백합, 내부로는 장미였을 것이다.

The tawny mowers enter next,
Who seem like Israelities to be
Walking on foot through a green sea. . .

. . . .

Annihilating all that's made
To a green thought in a green shade. . .

Had it lived long, it would have been
Lilies without, roses within. (*SE* 257)

바로 윗부분 역시 『애플톤 저택에 관하여』의 일부분으로서 엘리엇
은 "시 전체가 매우 취약한 토대 위에서 창작 되었다"(*SE* 257)고 평가한
다. 지금까지의 엘리엇의 평가를 요약하면 『애플톤 저택에 관하여』는
이미지의 오류 또는 토대의 취약성 및 아무런 의도 없이 웃음을 유발
하는 단순한 환상에 의해 창작되었지만 「그의 수줍은 여인에게」는 위
트가 있을 뿐 아니라 콜리지가 정의한 상상력과 정확하게 일치한다고
평가하는 것이 엘리엇의 견해이다. 계속해서 엘리엇은 시선을 돌려 마
블과 모리스(William Morris)의 작품을 비교분석하며 마블의 『요정과
사슴』(*The Nymph and the Fawn*)의 6행과 모리스의 「힐라스를 향한 요정
의 노래」("The Nymph's Song to Hylas")의 5개의 행을 비교하면서(*SE*
258 참조) "우리가 마블로부터 예상할 수 있는 대상과 정서 사이의 연관
성을 비교해 볼 때 비록 우리가 모리스의 「힐라스를 향한 요정의 노래」

의 마지막 행에서는 인물, 형식, 또는 환영(phantom)에 대한 인유가 부정확하다는 사실을 인식할 수 있을지라도 오히려 유사성(resemblance)이 차이(difference)를 압도한다"(258)고 주장한다. 환언하면 물론 모리스의 작품은 적지 않게 인유의 사용에 있어서는 모호함을 보이지만 마블의 작품과 비교해 보았을 때 오히려 유사점을 볼 수 있다는 것이다. 그러면서 엘리엇은 모리스와 마블의 시를 좀 더 구체적으로 분석하기에 이른다.

> 모리스의 매력적인 시의 효과는 정서의 희미함과 그 대상의 모호함에 의존한다. 마블의 효과는 밝고 빈틈없는 정밀함에 의존한다. ...... 모리스의 시와 마블의 그것을 비교했을 때 나오는 진기한 결과는 전자(모리스)에게 그것이 더 진지해 보일지라도 더 취약하다는 것을 발견하게 된다는 것이며 마블의 요정과 사슴은 더 취약해 보일지라도 더 진지하다는 것이다.

> The effect of Morris's charming poem depends upon the mistiness of the feeling and the vagueness of its object; the effect of Marvell's upon its bright, hard precision. ..... A curious result of the comparison of Morris's poem with Marvell's is that the former, though it appears to be more serious, is found to be the slighter; and Marvell's Nymph and the Fawn, appearing more slight, is the more serious. (*SE* 258)

엘리엇의 위와 같은 분석을 메티슨(Matthiessen)은 "완벽하고 구체적인 객관화에 의한 정서 환기가 예술로 정서를 표현하는 적절한 유일한 방법임을 엘리엇이 강조하는 것"(64-65)이라 보고 있다. 이와 같은 메티슨의 분석을 통해서 엘리엇이 강조하는 점은 "완벽하고 구체적인 객관화에 의한 정서환기"라고 정의할 수 있다. 다시 엘리엇은 마블에게 시선을 돌려 마블의 「그녀의 사슴의 죽음에 대한 요정의 불평」("The Nymph Complaining for the Death of Her Fawn")의 일부를 예로 들어 찬사를 보낸다.

> 그래서 상처 난 발삼나무에 눈물을 흘린다.
> 성스러운 유황이 흐르네.
> 형제 없는 핼리에이즈는
> 이와 같은 황갈색 눈물 속에서 녹는다.

> So weeps the wounded balsam; so
> The holy frankincense doth flow;
> The brotherless Heliades
> Melt in such amber tears as these. (*SE* 259)

위 시에 대해서 엘리엇은 "진정한 시의 암시성(suggestiveness)을 소유하고 있으며 암시하려고 노력하지 않으면 의미가 없는 모리스의 시는 정말로 암시하는 것이 없으며... 모리스의 공상적인 정서는 본질적으로 사소한 것에 불과하다"(*SE* 259)고 평가한다. 환언하면 엘리엇은 마블과 모리스를 동시에 비교하면서 진정한 시의 암시성을 강조하면서 마블은 이것을 소유하고 있는 반면에 모리스는 소유하지 못했다는 것이다. 이와 같은 모리스에 대한 평가와는 대조적으로 엘리엇은 마블의 시적 특징을 다음과 같이 진단한다.

> 마블은 사소한 것 즉, 소녀의 애완동물을 소녀의 감각으로 취해서 그것을 우리의 모든 정확하고 실제적인 정열을 둘러싸서 그

들과 혼합시키는 그 지칠 줄 모르고 엄청난 정서의 성운과 연결시킨다.

Marvell takes a slight affair, the feeling of a girl for her pet, and gives it a connexion with that inexhaustible and terrible nebula of emotion which surrounds all our exact and practical passions and mingles with them. (*SE* 259)

위의 주장을 통해서 우리는 엘리엇의 마블에 대한 평가의 핵심을 파악할 수 있다. 즉, 마블은 사소한 것을 대상에 의하여 완전히 변화시킨다는 것이다. 이와 같은 주장을 합리화시키기 위해서 엘리엇은 마블의 『클로린다와 데몬』(*Clorinda and Damon*)의 일부를 예로 든다.

클로린다. 이 근처에, 분수의 물 종이
　　　　　 오목한 칠현금 속에서 딸랑거려요.
데몬.　　　영혼이 거기서 목욕하고 청결해지거나
　　　　　 그 가뭄의 갈증을 풀까요?

CLORINDA. Near this, a fountain's liquid bell
　　　　　 Tinkles within the concave shell.
DAMON.　　Might a soul bathe there and be clean,
　　　　　 Or slake its drought? (*SE* 259)

이 부분에 대해서 엘리엇은 "우리는 메타포(metaphor)가 갑자기 우리를 영적 정화의 이미지로 몰입시킨다는 사실을 알 수 있으며 경탄할 만한 요소가 있다"(*SE* 259)고 진단한다. 간단히 말해 마블은 작품 창작 과정에서 메타포를 사용하는 데 이 사실이 우리에게 놀라움을 제공한다는 것이 엘리엇 주장의 핵심이다. 그러면서 마블이 비록 모리스보다 더 위대한 개성은 소유하지 않았으나 자신의 숨겨진 내면에 더욱더 견고한 것을 소유했으며 마블은 분명 존슨(Ben Jonson)의 영향을 받았으나 존슨은 결코 마블의 『호라티우스 풍의 송시』보다 더 순수한 것을 창작하지는 못했다고 진단한다(*SE* 260). 다시 말해 마블은 개성에 있어서는 모리스보다 열등하지만 그는 자신의 이면 속에 더욱 견고한 것을 소유했고, 존슨의 영향을 받았지만 존슨보다 더 순수한 것을 창작해 냈다고 평가하는 것이다. 그러면서 엘리엇은 "영국의 산문과 시에 있어서 간과되어서는 안 될 위험이란 다른 것들을 제외할 정도로 특별한 성질의 과장을 인정하고 받아들이는 것"(*SE* 260)이라고 진단한다. 엘리엇은 그 과장과 위트를 다음과 같이 흥미롭게 진단한다.

> 밀턴이 과장에서 위대했듯이 드라이든은 위트에서 위대했다. 그러나 전자(밀턴)는 이런 특징을 분리시키고 그것 자체를 위대한 시로 창조했고, 후자(드라이든)는 그것을 완전히 제거함으로써 아마 언어에 해를 주었을지도 모른다. 드라이든에게 위트란 거의 흥미롭고 그럼으로써 실제와의 어떤 접촉을 잃어버리며 순수한 흥미로 되는데 프랑스의 위트는 거의 절대로 그렇지 않다.

> Dryden was great in wit, as Milton in magniloquence; but the former, by isolating this quality and making it by itself into great poetry, and the latter, by coming to dispense with it altogether, may perhaps have injured the language. In Dryden wit becomes almost fun, and thereby loses some contact with reality; becomes pure fun, which French wit almost never is. (*SE* 260)

위의 주장을 통해서 우리는 드라이든이 사용한 위트를 엘리엇이 호의적으로 평가한다는 사실을 알 수 있으며 좀 더 구체적으로 자신의 생각을 개진하기 위해서 엘리엇은 드라이든을 평가의 대상으로 도입하여 과장이 실재와의 접촉이 없다는 점을 강조한다(SE 260 참조).[9] 그러면서 엘리엇은 다시 영어로 쓰인 작품 중에서 가장 정치적인 시로 간주되는(Klawitter 271 재인용) 마블의 「아일랜드에서 귀국한 크롬웰에 관한 호라티우스 풍의 송시」("Horatian Ode Upon Cromwell's Return from Ireland")의 일부를 예로 든 후 다음과 같이 평가한다.

> 여기(「아일랜드에서 귀국한 크롬웰에 관한 호라티우스풍의 송시」)에는 균형과 어조의 평형과 조화가 있다. 그러나 이것이 마블을 드라이든이나 밀턴의 수준까지 끌어 올릴 수는 없지만 이 시인들로 하여금 우리에게서 받지 못하는 승인을 강요해서 최소한 그들이 종종 제공할 수 있는 어떤 것과는 종류에 있어서 다른 즐거움을 제공한다. 그것이 마블을 고전주의자로 만드는 것이거나 그레이와 콜린즈가 아닌 의미에서 고전적이다. 왜냐하면, 후자는 그들의 공인된 순결함에도 불구하고 대조와 통합의 정서라는 차이에 있어 비교적 부족하기 때문이다.

> There is here an equipoise, a balance and proportion of tones, which, while it cannot raise Marvell to the level of Dryden or Milton, extorts an approval which these poets do not receive from us, and bestows a pleasure at least different in kind from any they

---

9) 그러나 흥미로운 사실은 마블이 밀턴을 다음과 같이 칭찬한 바가 있다는 사실이다. In praising Milton and his "vast Design," Marvell adopts the critical language used by Jonson in praising the heroic coherence of Lucan's "whole frame"; in praising Milton as a poet who "above humane flight dost soar aloft," Marvell follows Jonson's commendation of May's success as a translator who faithfully "interpreted" the gods Phoebus and Hermes(Shifflett 805).

can often give. It is what makes Marvell a classic; or classic in a
sense in which Gray and Collins are not; for the latter, with all
their accredited purity, are comparatively poor in shades of feeling
to contrast and unite. (*SE* 261)

위의 주장을 통해서 우리는 엘리엇이 마블에게 찬사를 보내며 드라
이든과 밀턴에 대한 평가와는 대조를 보인다는 사실을 알 수 있다. 마
블의 우수성으로 균형과 어조의 조화 및 대조와 통합의 정서를 꼽고
있다. 마블에 대한 엘리엇의 찬사는 계속 이어지며 결국 「앤드류 마블」
의 종반부에 갈수록 엘리엇은 마블을 더욱더 호평으로 일관한다.

그가 위반할 때 취향에 대한 그의 실수는 이런 장점을 위반한
죄가 아니다. 그들은 기상이며 확대된 메타포이고 직유이다. 그
러나 그들은 결코 주제를 너무 진지하거나 너무 가볍게 여기는
데 있지는 않다. 위트의 이러한 장점은 군소시인들 또는 한 세
대 또는 한 학파의 군소시인들이 가진 특별한 특징은 아니다.
그것은 아마도 그 자체로 더 적은 시인들의 작품에서만 알아차
릴 수 있는 지적 특징이다.

His errors of taste, when he trespasses, are not sins against this
virtue; they are conceits, distended metaphors and similes, but they
never consist in taking a subject too seriously or too lightly. This
virtue of wit is not a peculiar quality of minor poets, or of the
minor poets of one age or of one school; it is an intellectual quality
which perhaps only becomes noticeable by itself, in the work of
lesser poets. (*SE* 262)

흥미로운 사실은 위의 마블에 대한 평가와는 대조적으로—비록 「앤드류 마블」이 형이상학파 시인들을 중심으로 전개하고 있지만 엘리엇은 낭만주의 시인들—워즈워스, 셸리, 키츠—은 마블만큼 우수하지 못했다면서 셸리의 작품 중 하나인 「달에게」("To the Moon")를 선택하여 자신의 논리를 주장한다.

> 당신은 천국에 올라가 지구를 응시하며
> 출생이 다른 별들 사이에서
> 친구 없이 배회하며
> 지조를 지킬만한 가치 있는 물체를 찾지 못하는
> 기쁨 없는 눈처럼 늘 변하며
> 지쳐서 창백하네요.

> Art thou pale for weariness
> Of climbing heaven and gazing on the earth,
> Wandering companionless
> Among the stars that have a different birth,
> And ever changing, like a joyless eye,
> That finds no object worth its constancy? (*SE* 263)

엘리엇은 결론으로 "우리는 셸리의 위의 시행들과 마블의 몇몇 시행을 효과적으로 비교하기란 어려우며 마블의 특징 때문에 오히려 더 훌륭했을 수도 있었던 후기 시인들조차도 위트가 없었고 심지어 브라우닝조차도 어떤 면에서 마블과 비교해 보면 놀라울 정도로 미숙해 보이며 마블이 소유했던 특성 즉, 이렇게 온전하고 몰개성적 장점을 우리는 명확하게 정의하지 못했으며 이 사실이 마블의 명성을 보존해야 하는 이유가 된다"(SE 263)며 「앤드류 마블」을 마무리한다. 간단히 요약하면 엘리엇은 마블 이후의 시인들도 위트가 없었으며 브라우닝도 미숙하며 마블의 몰개성적 장점을 우리가 명확하게 정의할 필요성을 주장하며 동시에 마블의 명성을 지속적으로 유지해야 할 필요성을 역설한다.

IV. 나오는 말

엘리엇은 우리가 마블을 단순명료하게 평가한다는 것은 오류를 범하거나 실수를 범할 수 있다고 주장한다. 아마도 그의 삶과 재능이 다양했다는 사실 때문일 것이다. 엘리엇은 마블이 비록 다작의 작가는 아니었지만 그의 문학적 명성은 물론 문학적 기법에 있어서도 어느 누구 못지않다고 평가한다. 특히 엘리엇은 위트와 과장을 분리하여 정의하면서 마블은 위트를 소유한 시인이었으며 「그의 수줍은 여인에게」는 단순히 한 시구에 의해서도 세계적으로 통한다고 주장한다. 물론 위트는 아우구스투스 시대나 로마 시대 그리고 프랑스의 시인들의 경우에서도 찾아볼 수 있다고 주장한다. 엘리엇은 「앤드류 마블」의 중심인물인 마블을 중심부에 놓고 밀턴, 모리스, 드라이든 등과 비교한다. 전적으로 마블의 작품 창작에 호의적인 시선으로 일관했다고는 볼 수 없으나 비교적 우호적인 시선으로 바라보고 있음을 알 수 있다. 아울러 위트의 정의에 대한 엘리엇의 견해 또한 눈여겨 볼만하다. 즉, 위트와 과장은 모든 시대에 어느 정도 혼합되어 있으며 또한 시대에 따라서 이것에 대한 정의도 독자의 취향에 의존하기 때문에 변한다는 것이 엘리엇 주장의 핵심이다. 그러면서 엘리엇은 마블의 경우 콜리지가 정의한 상상력이라는 정의에 정확하게 일치하고 있으며 한마디로 진지함과 경박함의 결합을 엘리엇은 진정한 위트라고 정의하며 마블이 이것을 훌륭하게 실현했다고 평가한다. 이는 후에 낭만주의 시인들과 20세기 시인들도 마블만큼 위트를 사용하지 못했다는 평가를 통해 마블의 우수성을 가늠할 수 있다.

참고문헌

이명섭. 『세계문학비평용어 사전』. 서울: 을유문화사, 1992.

이윤섭. 「바로크적 전통과 T. S. 엘리엇의 시론」. 『T. S. 엘리엇 연구』 18.2 (2008): 131−154.

이재호. 『17세기 영시』: 영미시 총서 154. 서울: 탐구당, 2003.

이종우. 「앤드류 마블과 시적 상상력」. 『밀턴과 근세영문학』 18.1 (2008): 95−150.

Abrams, M. H. 외 『노튼 영문학 개관 I : 중세−왕정복고 시대와 18세기』. 김재환 옮김, 서울: 도서출판까치, 1984.

_____. 『문학용어사전』. 최상규 역, 서울: 보성출판사, 1991.

Barnaby, A. "The Politics of Garden Spaces: Andrew Marvell and The Anxieties of Public Speech." *Studies in Philology* 97.3 (2000): 331−361.

Disanto, M. J. "Andrew Marvell's Ambivalence toward Adult Sexuality." *Studies in English Literature 1500~1900* 48.1 (2008): 165−182.

Edmindson, M. "Try What Depth the Centre Draws: Classicism and Neoclassicism in Andrew Marvell's a Dialogue between the Resolved Soul, and Created Pleasure." *English Studies* 87.3 (2006): 294−302.

Eliot, T. S. *Selected Essays: 1917~1932*. New York: Harcourt, Brace and Company, 1932.

_____. *The Complete Poems and Plays of T. S. Eliot*. London: Faber and Faber, 1969. [*CPP*로 표기함]

Greenberg, D. "Andrew Marvell and Satchel Paige in Bagdad." *Library Resources and Technical Services* 49.2 (2005): 82−86.

Hirst, D. "Annabel Patterson, Martin Dzelzainis, Nicholas von Maltzahn, and N.

H. Keeble, eds. The Prose Works of Andrew Marvell. Nigel Smith, ed. The Poems of Andrew Marvell." *Albion-lilinois*-36.4 (2005): 697—699.

Klawitter, G. "Andrew Marvell: The Chameleon, by Nigel Smith." *ANQ-Lexingtonky*-24.4 (2011): 269—276.

Kuzner, J. "Vitality Eyber. Andrew Marvell's Upon Appleton House: An Analytic Commentary." *Renaissance Quarterly* 63.3 (2010): 1,023—1,024.

Loxley, James. "Echoes as Evidence in the Poetry of Andrew Marvell." *SEL Studies in English Literature 1500~1900* 52.1 (2012): 165—185.

Macrae, Alasdair D. F. *T. S. Eliot: The Waste Land*. London: Longman York Press, 1980.

Matthiessen, F. O. *The Achievement of T. S. Eliot: An Essay on the Nature of Poetry*. London: Oxford UP, 1950.

North, Michael. ed., *The Waste Land*. London: W. W. Norton & Company, 2001.

Shifflett, Andrew. "By Lucan Driv'n About: A Jonsonian Marvell's Lucanic Milton." *Renaissance Quarterly* 49.4 (1996): 803—823.

Smith, Nigel. "Andrew Marvell: The Chameleon." *Reviews* 653 London: Yale UP, 2010(653—654).

Targoff, R. "Nigel Smith, Andrew Marvell: The Chameleon." *Renaissance Quarterly* 64.2 (2011): 687—688.

Whitaker, C. "Andrew Marvell, Man without Qualities Review of Nigel Smith, Andrew Marvell: The Chameleon." *The Huntington Library Quarterly* 74.2 (2001): 367—371.

Whitworth, John. "Youth and Andrew Marvell." *The Poetry Review* 79.1 (1989): 419—426.

wikipedia.org/wiki/kingston-upon-Hull.

Williamson, George. *A Reader's Guide to the Metaphysical Poets: Donne, Herbert, Crashaw, Cowley, Vaughan, Marvell*. London: The Camelot Press Ltd., 1977.

Winn, J. A. "World Enough and Time: The Life of Andrew Marvell. By Nicholas Murray." *New York Times Book Review* 105.28 (2000): 31.

제4장
엘리엇의 블레이크 읽기의 읽기[1]

I. 들어가는 말

　엘리엇(T. S. Eliot)은 모더니즘의 선구자로 시인으로서의 명성은 물론 문학 비평가와 극작가로도 활동했다. 특히 그는 문학비평가로서 시 창작 내지 극 창작 기법에 있어 낭만주의의 입장과 상반되는 태도를 견지했는데 낭만주의 시인들 중에서 블레이크(William Blake)를 선정하여 「윌리엄 블레이크」("William Blake")라는 6쪽이 되지 않는 짧은 글로 자신의 의견을 주장한 바 있다. 엘리엇은 이 글을 통하여 우리가 눈여겨볼 만한 몇 가지의 생각을 비교적 다양하게 표현하고 있다. 물론

---

1) 이 논문은 대한영어영문학회의 『영어영문학연구』 제39권 4호, pp.163~180에 게재되었던 것을 수정 및 보완했음을 밝힌다.

엘리엇도 분명 낭만주의와 깊이 연관되어 있는 것도 사실이다. 그 사실은 "엘리엇은 자신의 시적 습관과 시에 대해 낭만주의 시인들의 영향을 인정함으로써 몇몇 낭만주의의 측면들에 만족한다"(S. Matterson 430)거나 "엘리엇의 문학적 생애는 낭만주의 시인들에게 몰입되었다는 사실에서 출발한다"(G. Bornstein 95)는 주장을 통해 입증된다. 블레이크의 작품에 대한 놀라운 사실 중에 하나는 블레이크의 생애와 작품에 대한 사실들이 블레이크가 죽은 지 200년 가까이 되었는데도 불구하고 새로운 연구들이 끊임없이 나타난다는 것이다. 그 한 가지 예로 2010년에는 블레이크가 그의 후원자인 헤일리(W. Hayley)에게 보낸 중요한 편지가 발견되기도 했다(K. Mulhallen 780). 본 연구와 관련하여 대표적 선행연구로는 국내에서는 안영수의 「T. S. 엘리엇과 낭만주의」(1995)와 여인천의 「엘리엇과 반낭만주의」(2005)라는 연구가 있으나 이들 연구에서는 블레이크와 엘리엇의 관계를 약술하는 데 그치고 있다. 그리고 해외에서는 엘리엇과 블레이크, 엘리엇과 바이런(G. G. Byron), 엘리엇과 키츠(J. Keats)의 상관관계에 대한 연구는 현재까지 수행되지 않은 것으로 보이며 다만 엘리엇과 셸리(P. B. Shelley)의 상관관계에 대한 연구가 있을 뿐이다. 그 예로서 로우(P. Lowe)는 2002년에 「셸리와 엘리엇의 시에서의 자의식의 문제」("The Question of Self-consciousness in the Poetry of Shelley and T. S. Eliot")라는 제목으로 연구한 바 있고, 또한 프랭클린(George Franklin)은 1994년에 「만남의 예; 셸리와 엘리엇 − 인척성 연구」("Instances of Meeting ; Shelley and Eliot-A Study in affinity")가 있다. 이 연구는 엘리엇의 「윌리엄 블레이크」를 통하여 엘리엇의 생각을 집중 조명해 보는 것이다.

II. 본론

엘리엇은 「윌리엄 블레이크」의 서두를 "블레이크의 시적 발전을 몇 단계로 나누어 그의 정신을 탐구해 보면 그를 순진한 사람, 야만인, 매우 세련된 사람을 위한 야생 애완동물로 간주하기란 불가능하다"(*SE* 275)로 시작한다. 블레이크를 단순 명료하게 정의하기란 어렵다는 논리를 엘리엇이 이와 같이 비유적으로 표현한다. 그러면서 엘리엇은 "블레이크는 모든 위대한 시가 가지고 있는 특이성(peculiarity)을 소유하고 있으며 또한 호머(Homer)와 에스킬러스(Aeschylus), 단테(Dante), 비용(Villon)과 셰익스피어(Shakespeare)의 작품 속에 숨겨져 있기도 하면서 몽테뉴(Montaigne)와 스피노자(Spinoza)의 또 다른 형태 속에서 찾아볼 수 있는 것이 존재한다"(*SE* 275)고 주장한다. 이는 "특이함이 그 자체로 미덕이라는 생각은 르네상스의 최전성기 이후로 점차 줄어들다가 블레이크와 더불어 다시 확대되었다"(C. Ratcliff 117)는 평가와 유사하게 엘리엇은 블레이크를 논하면서 세계문학의 거장들을 모두 나열하며 심지어 철학자들까지 비교의 대상으로 삼고 있다. 이것은 블레이크에 대한 우리의 관심을 유도하고자 하는 엘리엇의 주장이라 할 수 있다. 과연 우리가 영문학의 거장인 셰익스피어와 독일의 문호라 불리는 괴테와 네덜란드의 철학자인 스피노자의 느낌을 블레이크 속에서 찾아볼 수 있을까라는 궁금증을 엘리엇이 유발시키지만 아쉽게도 그는 이점에 대해서는 자세히 언급하지 않았다. 그러나 최근까지도 블레이크에 대한 찬사는 지속적으로 이루어지고 있는 것이 사실이다. 루(Rue)는 1964년에 블레이크를 "작가와 예술가들 중에서 가장 온전치 못한 인물이지만 가장 특이한 천재"로 정의하며 코텔링(Korteling)은

1966년에『블레이크와 워즈워스에서의 신비주의』(*Mysticism in Blake and Wordsworth*)라는 저서에서 블레이크를 "화가이며 신비주의자로서 당대에 가장 위대한 신비적 시인들 중에 한 사람"으로 평가하고, 버거 (Berger)는 1914년에『블레이크: 시인과 신비』(*William Blake: Poet and Mystic*)라는 저서에서 블레이크는 "종교적 신비가라기보다는 예언가 라고 부르는 것이 좋다"(Mcquail 재인용 121)고 평가한다. 이러한 평가 에 어울리게 엘리엇 역시 블레이크의 특이성을 다음과 같이 진단하고 있다.

> 그것(그의 특이성)은 너무 두려워 정직할 수 없는 세계에서 특
> 별히 두려움을 주는 독특한 정직성일 뿐이다. 그것이 불쾌하기
> 때문에 전 세계가 반대에 동참하는 그러한 정직성이다. (*SE* 275)

> It is merely a peculiar honesty, which, in a world too frightened to
> be honest, is peculiarly terrifying. It is an honesty against which the
> whole world conspires because it is unpleasant.

이러한 평가는 엘리엇이 블레이크의 초기 서정시의 순수한 정직성 에 대해서 찬사를 보내고 있는 것(H. Ibata 29)이라 할 수 있다. 그러나 이와는 대조적으로 엘리엇은 "블레이크의 시에는 위대한 시가 지닌 불 유쾌한 면이 존재한다"(*SE* 275)고 주장한다. 이런 주장에 의해 우리는 엘리엇이 블레이크의 양면성을 이글 서론에서 약간 비추고 있음을 알 수 있다. 그러나 글의 서론의 서두와는 달리 서론의 중반에 이르러서는 엘리엇이 블레이크에 대해 좀 더 솔직하게 자신의 심정을 토로한다.

(블레이크의 작품 속에는) 병적이거나 비정상적 또는 왜곡이라

고 부를 수 있는 것이 없고 한 시대의 질병이나 한 시대 풍조의 병을 예로 보여주는 것들도 없다. 단순화시키려는 어떤 비범한 노력에 의하여 인간 영혼의 본질적인 질병이나 힘을 전시해 주는 그런 것들만이 존재한다. (SE 275)

Nothing that can be called morbid or abnormal or perverse, none of the things which exemplify the sickness of an epoch or a fashion, have this quality; only those things which, by some extraordinary labour of simplification, exhibit the essential sickness or strength of the human soul.

여기서 엘리엇은 블레이크의 시 창작 기법이 아니라 시의 주제 면에 대해서 자신의 생각을 그대로 표현하고 있다. 즉, 엘리엇의 시각에서 본다면 시의 주제로는 "병적이거나 비정상적인 인간의 생활상 또는 한 시대의 병폐를 이야기해야 한다는 논리"로 해석할 수 있을 것이다. 이 것은 엘리엇 최고의 작품으로 평가받는 『황무지』(The Waste Land)를 염두에 두고 한 주장으로 해석할 수 있을 것이다. 필자의 논리는 "엘리 엇의 이와 같은 주장은 『황무지』를 겨냥한 것"(Matthiessen 34)이라는 주장을 통해서 증명될 수 있다. 그런데 한 가지 흥미로운 점은 「윌리엄 블레이크」라는 글은 작품 『황무지』 - 1922년 - 보다 2년 앞서서 쓰여 졌다는 사실이다. 이 사실을 통해서 우리는 한 시대의 질병이나 한 세 대 풍조의 병폐를 다루어야 한다는 생각은 이미 엘리엇의 심중에 깊게 자리 잡고 있었음에 틀림없다고 볼 수 있다. 『황무지』는 이미 알려진 바와 같이 20세기 방황하는 현대인의 모습을 마치 사진 속에 그대로 담아 놓은 것처럼 사실적으로 묘사해 놓았다는 평가가 지배적이다. 이 와는 달리 엘리엇은 블레이크의 시 창작 기법에 대해서는 위에서 보는 바와 같이 어떤 지나친 단순화의 노력에 의해서 인간 영혼의 본질적인 질병이나 힘을 전시해 주는 것들로만 이루어져 있다고 진단한다. 이것은 바로 엘리엇이 블레이크가 지나치게 단순화하려는 노력을 보이고 있다고 지적하는 것으로서 바로 위에 나온 한 시대의 병든 모습과는 반대되는 논리이다. 즉, 블레이크는 오직 인간의 영혼 또는 정신의 본질적인 질병이나 병력을 전시해 놓고 있다며 엘리엇이 블레이크에 대한 아쉬움을 드러내고 있다. 여기서 우리는 한 가지 간과해서는 안 될 사항이 있다. 요컨대 엘리엇은 시의 주제로서 타당한 것은 한 시대의 질병 또는 한 시대 풍조의 병을 선택해야 하는데 블레이크는 단지 인간의 영혼에 대한 질병을 주로 다루고 있다고 분석하는 것이다. 우리는 여기서 시의 주제 면에 있어서는 엘리엇과 블레이크가 서로 다른 시각을 보이고 있다는 사실을 알 수 있다. 블레이크는 인간의 질병 바꾸어 말하면 인간 개인의 본질적인 질병을 주제로 삼고 있는 반면에 엘리엇에게 있어서 주제란 바로 한 시대의 질병이나 한 시대 풍조의 병을 다루어야 한다는 것이다. 이와 같이 이 둘 사이에는 매우 흥미로운 견해차를 보이고 있음을 우리는 알 수 있다. 그래서 많은 비평가나 문학 연구자들이 한 목소리로 엘리엇의 『황무지』를 20세기 방황하는 현대인의 모습을 매우 사실적으로 현장감 있게 그려 놓았다고 주장한다는 사실이 엘리엇의 생각과 일치하는 것이다. 그러면서 엘리엇은 "블레이크 바로 그 인간에 대한 문제는 그의 작품 속에 있는 정직성을 허락하게 한 환경의 문제이며 또한 환경이 그 한계의 윤곽을 명확하게 드러내는 것이 문제"(SE 275)라며 블레이크가 처한 환경을 문제 삼고 있다. 바로 이런 문제에 대하여 엘리엇은 "블레이크에게는 부모나 부인의 야심이나 사회적 표준도 없었고, 그는 자신을 모방하거나 타인을 모방하는데 노출되지 않았다"(SE 276)고 부연 설명한다. 즉, 엘리엇의 분석을 환언하면 작가는 그만큼 다양한 경험과 분위기를 경험할 필요가 있다는 논리가 될 것이다. 그래서 엘리엇은 시인의 요소를 이질적인 요소들의 결합이라 주장하는 것이라 할 수 있다. 여기서 엘리엇의 주장을 잠시 살펴보고 넘어가는 것이 좋겠다.

> 시인의 마음은 실상 용기에 남아 있는 수많은 정서, 구, 이미지를 모아서 저장하기 위한 용기이다. 이것은 새로운 화합물을 형성하기 위해 통일될 수 있는 모든 입자들이 함께 나타낼 때까지는 거기에 머물러 있게 된다. (*SW* 55)

> The poet's mind is in fact a receptacle for seizing and storing up numberless feelings, phrases, images, which remain there until all the particles which can unite to form a new compound are present together.

엘리엇의 주장을 환언하면 시를 창작하는 과정에서의 이질적인 요소들의 결합을 중요시하고 있다. 이러한 면의 부족이 엘리엇의 시선에는 블레이크의 단점으로 보인다고 할 수 있다. 그러면서 엘리엇은 "블레이크의 초기 시에 대해서는 굉장한 동화력이 있으나 소년의 능력을 넘어서지는 못한다"(*SE* 276)고 진단한다. 즉, 블레이크의 작품은 우리에게 친화력과 공감을 제공할 수 있는 장점이 있으나 표현능력에는 다소 미숙함을 보여 준다는 것이다. 바로 블레이크의 초기 시의 위대한 능력에 대해서는 재거(Jager)의 다음과 같은 블레이크에 대한 평가로도 입증될 수 있을 것이다.

블레이크의 초기 시는 경험주의와 열정 또는 물질주의와 영적

환상 혹은 더 고차원적 추상의 단계에서는 계몽주의와 반 계몽
주의의 담론이 함께 엮여져 있다. (289)

Blake's early work weaves together the discourses of empiricism
and enthusiasm, or materialism and spiritual vision, or, at a higher
level of abstraction, enlightenment and counter-enlightenment.

그리고 또한 스콧(Scott)은 "비록 블레이크가 낭만주의 시인으로 분
류될 지라도 그의 작품은 그의 동시대인들과 동화되기란 어렵다고 평
가하여(141) 블레이크만의 특이성을 진단했고 프라이(Frye)는 "가장
짧은 서정시에서 가장 긴 예언 시에 이르기까지 블레이크의 시 전체는
하나의 통일된 단위로 여겨져야 한다"(Tambling 재인용 488)는 평가
에 의하여 우리는 블레이크 작품의 유기적 통일성을 가늠할 수 있다.
    그러나 엘리엇은 블레이크를 논하면서 급기야 다음과 같이 주장하
기에 이른다.

    예술가는 자신의 예술에 있어서 매우 많은 교육을 받아야 하는
    것이 중요하다. 그러나 그의 교육은 평범한 사람을 위한 교육을
    구성하고 있는 평범한 사회적 절차들에 의해서 도움을 받기보
    다는 방해 받는 것이다. 왜냐하면 이러한 절차들은 주로 우리의
    현재 있는 그대로의 실재와 느낌, 우리가 진실로 원하는 것 그
    리고 정말로 우리의 흥미를 유발시키는 것을 덮어 가릴 수 있는
    객관적적 아이디어를 습득하는 데에 주로 놓여 있기 때문이다.
    (SE 277)

    It is important that the artist should be highly educated in his own
    art; but his education is one that is hindered rather than helped by

the ordinary processes of society which constitute education for the
ordinary man. For these processes consist largely in the acquisition
of impersonal ideas which obscure what we really are and feel, what
we really want, and what really excites our interest.

위의 엘리엇의 주장은 주의 깊게 살펴볼 필요가 있는 것으로서, 엘
리엇이 예술가에 대한 개념을 적절히 요약해 놓은 부분이다. 엘리엇의
주장의 요지는 바로 예술가의 교육의 필요성이라 할 수 있으며, 특히
객관적 아이디어를 강조하고 있다. 즉, 우리가 실제로 느끼거나 우리
가 실제로 원하는 것 그리고 우리의 흥미를 돋우는 것을 "덮어 가릴 수
있는" 객관적 아이디어를 엘리엇이 요구하고 있다. 환언하면 개인적
취향이나 개인적으로 좋아하는 것을 모두 그대로 드러내는 것을 삼가
하고-심지어 개인의 내면적 심리를 그대로 드러내지 않는- 객관적
인 아이디어를 사용해야 한다는 것이 엘리엇의 논리라고 볼 수 있다.
이를 좀 더 확대해석하여 보면 워즈워스의 낭만주의 시의 개념인 "좋
은 시란 강력한 정서의 자연 발생적 넘쳐흐름"(Hall 80)과는 상반되는
논리이다.

우리가 느끼는 것 대부분은 낭만적 인생관에 필수적이며, 문학
은 시인의 이러한 정의에 있다. 시란 정서의 즉흥적인 넘쳐흐름
이기 때문에 더 이상 배울 필요도 없고 더 이상 규칙의 문제도
아니다. (Hall 80)

Much of what we feel is fundamental to the Romantic view of life
and literature is in this definition of the poet. Poetry, being the
spontaneous overflow of emotion, is no longer learned, no longer a

matter of the rules. (Hall 80)

바로 위와 같은 분석은 낭만주의의 핵심 요소 중에 하나이다. 워즈
워스의 경우에 정서의 직접적인 노출이 곧 낭만주의의 본질이라 할 수
있는데 엘리엇은 이와는 반대로 우리의 실제적인 느낌이나 소망 또는
흥미를 자극시키는 것을 가능한 한 회피할 것을 권고하고 있다. 그리
고 문학 창작 과정에서의 상상력을 워즈워스에게는 "마음의 절대적
힘에 대한 또 하나의 이름이며 셸리에게는 위대한 도덕적 선을 위한
도구로 보는 것"(F. Pyle 2)도 엘리엇과는 상반되는 개념으로 볼 수 있
다. 이를 입증이라도 하려는 듯이 엘리엇은 19세기 대표적 시인 중의
한 사람인 테니슨(Alfred, Lord Tennyson)을 예로 들어 블레이크와 비
교한다.

> 테니슨은 의견으로 거의 완벽하게 가려진, 다시 말해 환경과 거
> 의 완벽하게 일체가 된 시인의 매우 공정한 표본이다. 반면에
> 블레이크는 자신에게 흥미를 주는 것이 무엇인지 알았으며 그
> 래서 그는 단지 본질적인 것 즉 사실상 묘사될 수 있지만 설명
> 될 필요는 없는 것을 묘사한다. (*SE* 277)

> Tennyson is a very fair example of a poet almost wholly encrusted
> with opinion, almost wholly merged into his environment. Blake,
> on the other hand, knew what interested him, and he therefore
> presents only the essential, only, in fact, what can be presented,
> and need not be explained.

바로 엘리엇은 테니슨의 경우에는 의견으로 완전히 덮여져 있는, 다

시 말해 환경과 완전히 조화를 이룬 시인의 좋은 예로 보고 있다. 이를 좀 더 쉽게 환언하면 테니슨은 환경에 잘 적응하여−또는 순응하여− 자신의 시 창작 과정을 전개해 나갔다고 볼 수 있다. 이것은 테니슨의 시 창작 기법 또는 그 과정이 절묘하게 환경과 조화되어 있다는 의미로 해석할 수 있을 것이다. 반면에 블레이크는 자신을 즐겁게 해 주는 것이 무엇인지를 알았으므로 단지 본질적인 것, 즉 표현될 수 있는 것만 표현하므로 따로 설명할 필요가 없다는 것이다. 즉, 테니슨은 환경을 이용하여 아이디어를 환경과 적절하게 조화 또는 배합하여 잘 활용했다는 사실이고 블레이크는 단지 개인적인 취향에 맞게 작품을 전개해 나갔으며 작품으로 묘사될 수 있는 것만을 주된 관심의 대상으로 삼았다는 것이 엘리엇의 분석이다. 이 논리는 퀴니(Quinney)가 행한 블레이크에 대한 분석 즉, "블레이크의 본질적 주제는 그 주제 자체의 주관성 속에 있는 인간의 불행"(Crosby 재인용 823)이라는 사실이 뒷받침 할 수 있을 것이다.

계속해서 엘리엇은 블레이크에게 있어서 문제를 "노출된"(naked)이라는 형용사로 요약한다. 블레이크는 인간을 노출된 상태로 보았고 그 자신만의 결정체의 중심으로부터 그렇게 보았다고 주장한다(SE 277). 여기서 엘리엇이 평가한 블레이크 자신만의 결정체란 블레이크 자신만의 주된 사고 또는 사상이나 관점으로 환언할 수 있을 것이다. 즉, 엘리엇이 블레이크만의 편협성을 지적하고 있다고 볼 수 있다. 그러면서 엘리엇은 "블레이크는 현재의 의견에 의해 흐려지지 않은 마음으로 모든 것에 접근했다"(SE 277)고 주장하기에 이른다. 우리는 엘리엇의 이 분석에서 "현재 의견에 흐려지지 않은"(unclouded by current opinions)이라는 표현에 관심을 두어야 한다. 이것은 바로 엘리엇이 블레이크를 한마디로 요약한 것이라 할 수 있다. 다시 말해 블레이크는 현재에 통용되는 의견을 반영하지 않은 채 작품 창작에 임했다고 볼 수 있다. 이 것을 다른 각도에서 보면 시인 자신만의 독창성을 높이 평가할 수 있는 내용이 되기도 하겠지만 엘리엇의 눈에는 분명히 호의적으로 보이지는 않았다고 할 수 있다. 다시 말해 작가란 적절한 이미지나 상징 등 여러 가지 수사학적 기법의 사용을 엘리엇이 강조하고 있다. 우리는 "엘리엇의 시는 정서 그 자체를 불러일으키는 것보다는 정확하게 실현가능한 모습을 그려내는 데 목적이 있다"(Lobb 60)는 사실을 알고 있다. 이 사실을 좀 더 정확하게 알아보기 위해 우리는 엘리엇 자신의 주장을 살펴볼 필요가 있다. 그는 「수사학과 시극」("Rhetoric and Poetic Drama")이라는 글에서 다음과 같이 주장한다.

> 수사학이 작품의 악이라는 가정을 피하고 또한 실제적인 수사학을 찾으려고 노력하자. 그것은 표현해야 할 것으로부터 유래하기 때문에 올바르다. (*SW* 79)

> Let us avoid the assumption that rhetoric is a vice of manner, and endeavour to find a rhetoric of substance also, which is right because it issues from what it has to express

즉, 엘리엇도 실제적인 수사학 사용을 권하고 있으며, 이것이 바로 표현해야 할 것을 정확하게 알 수 있는 방법이기 때문이다. 다시 말해 시인은 정확한 수사학적 기법을 사용해야 한다는 논리라고 할 수 있다. 그래서 엘리엇은 시인의 임무를 다음과 같이 정의한다.

> 시인의 임무는 새로운 정서를 찾는 것이 아니라 평범한 정서를 사용하는 것이며, 이들이 시로 구사되었을 때 전혀 실제가 아닌

정서를 표현하는 것이다. (*SW* 58)

The business of the poet is not to find new emotions, but to use the ordinary ones and, in working them up into poetry, to express feelings which are not in actual emotions at all.

계속해서 엘리엇은 「윌리엄 블레이크」의 본론에 들어가면서 블레이크에 대해 다음과 같이 주장한다.

> 그러나 그와 진실성을 혼동시킬 것이 없을지라도 또 한편으로는 자연 그대로의 인간이 노출될 수 있는 위험이 있었다. 그의 상상력과 그의 통찰력 그리고 그의 기법과 같이 그의 철학은 그 자신만의 것이었다. 따라서 그는 예술가가 해야 하는 것보다 더 중요하게 그것에 애착을 느끼는 경향이 있었다. 이것이 그를 기이하게 만들고 그로 하여금 무형식의 경향으로 가게 만드는 것이다. (*SE* 277−278)

But if there was nothing to distract him from sincerity there were, on the other hand, the dangers to which the naked man is exposed. His philosophy, like his visions, like his insight, like his technique, was his own. And accordingly he was inclined to attach more importance to it than an artist should; this is what makes him eccentric, and makes him inclined to formlessness.

엘리엇은 여기서 재차 블레이크의 시 창작 과정에 대해서 자신의 견해를 밝히면서 블레이크의 작품창작 기법에 대한 아쉬움을 표현한다. 바로 블레이크는 "있는 그대로의" 인간의 모습이 노출될 수 있는 위험에 처해 있다고 주장하면서 "완곡어법으로" 표현할 것을 엘리엇이 주장하고 있다. 또한 위의 지적대로 블레이크의 상상력과 통찰력 그리고 기법과 같은 그의 철학도 역시 블레이크 자신만의 것이었다는 사실에서 객관적으로 통용될 수 있는 철학이 없고, 통찰력과 기법도 부재하다고 엘리엇이 지적하고 있다.[2] 그래서 결국 블레이크는 예술가가 애착을 가져야 하는 것보다 더 자신의 철학에 무게의 중심을 두는 경향이 있다고 평가하면서 개인적 또는 오직 자신만의 기법을 추구한 블레이크에 대해서 엘리엇이 근심을 표명한다. 다시 말해 기법상에 있어서 블레이크의 편협성을 엘리엇이 지적하고 있다. 그러면서 엘리엇은 이러한 사실이 블레이크를 기이하게 만들면서 형식을 사라지게 만드는 원인이 된다고 분석한다. 재정리하면 인간을 순수하게 보는 것과 자신만의 철학을 고집하는 것은 삼가 해야 하며 이것이 결국 기이한 결과를 초래하며 무형식을 초래하게 된다는 것이다. 그러면서 엘리엇은 "순수한 상상력"과 "순수한 관찰력"을 예로 들고 있다. 먼저 엘리엇은 "순수한 상상력"의 예를 다음과 같이 들고 있다.

> 그러나 거의 한 밤중의 길거리를 통하여
> 나는 젊은 매춘부의 저주가
> 얼마나 신생아의 눈물을 마르게 하는지
> 그리고 역병으로 결혼의 영구차를 황폐케 하는지를 듣고 있다.
>
> But most through midnight streets I hear
> How the youthful harlot's curse

---

2) 그러나 블레이크는 『유리즌의 책』(*The Book of Urizon*)이라는 작품의 제2장에서 조직화되고 체계화된 스타일을 창조함으로써 긴장감이라는 자신의 수사학을 사용하고 있으며 여기서 주인공 유리즌(Urizon)이 자신의 사고와 정서를 언어로 종합해 놓고 있다는 평가가 있다(Goldweber 53).

Blasts the new-born infant's tear,

And blights with plagues the marriage hearse. (*SE* 278)

그리고 이어서 엘리엇은 "순수한 관찰력"을 다음과 같이 예로 들고 있다.

사랑은 오직 자신만을 즐겁게 하려고 하고,

타인을 자신의 즐거움으로 묶으려고 하며,

타인의 안도의 상실 속에서 즐거워하며,

천국의 원한 속에서 지옥을 만든다.

Love seeketh only self to please,

To bind another to its delight,

Joys in another's loss of ease,

And builds a Hell in Heaven's despite. (*SE* 278)

우리는 여기서 "순수한"이라는 형용사에 대해서 엘리엇의 의도를 좀 더 숙고해야 한다. 엘리엇은 있는 사실이나 사건을 그대로 나열하는 것은 올바른 창작행위는 아니라고 생각한다. 이것은 우리가 그의 역사성을 볼 수 있는 대목으로서 엘리엇은 현재는 과거에 의해 재수정될 수 있다고 주장한 인물이다.

그러면서 엘리엇은 『천국과 지옥의 결혼』(*The Marriage of Heaven and Hell*)은 "순수한 철학"이라고 규정하며 시와 철학을 블레이크가 종종 결합시키는 것은 적절하지 못하다고 평가한다(*SE* 278). 그 예를 엘리엇은 다음 부분을 인용하여 자신의 의견을 전개해 나간다.

타인에게 선을 행하려는 사람은 그것을 세세한 개체들 속에서
그것을 해야 한다.
총체적인 선은 악당, 위선자 그리고 아첨꾼들의 변명이다.
왜냐하면 예술과 과학은 세밀하게 조직화된 입자 속이 아니면
존재할 수 없기 때문이다. . . .

He who would do good to another must do it in Minute
Particulars.
General Good is the plea of the scoundrel, hypocrite, and flatters;
For Art and Science cannot exist but in minutely organized
particulars. . . . (SE 278)

위의 시구를 예로 들면서 엘리엇은 "우리는 형식이 매우 잘 선택되
지 않았다는 사실을 알 수 있으며, 단테와 로마의 시인 루크레티우스
(Lucretius)에서 차용한 원칙도 매우 흥미롭지는 않지만 이들이 사용한
원칙이 그들의 형식을 적게 손상시킨다"(SE 278)고 주장한다. 즉, 엘리
엇은 블레이크의 시를 예로 들면서 형식의 문제점을 지적하면서 오히
려 단테와 루크레티우스의 원칙이 형식상에 문제가 없음을 지적하고
있다. 심지어 "블레이크는 시뿐만이 아니라 원칙도 창조할 필요가 있
다"(SE 278)고 비교적 세밀하게 블레이크에 대해서 평가한다. 이 논리
를 엘리엇 식으로 변형해 보면 시 창작 과정에서의 인유법을 이야기한
다고 볼 수 있다. 다시 말해, 시인은 작품을 창작할 때 적절한 인유법을
사용해야 한다는 논리로 받아들일 수 있다. 주지하다시피 엘리엇은 자
신의 작품 창작 방법 중에 하나로 인유법을 사용하고 있다. 이것이 오
히려 독자에게 당혹감을 주는 측면도 있지만 엘리엇에게 있어서 인유
법은 결코 제외시킬 수 없는 문학창작 방법 중에 하나이다. 이것은 『황

무지』에서 35가지 이상의 인유법을 사용하고 있다는 사실에서 명백하게 나타난다. 또한 엘리엇이 블레이크가 시뿐 아니라 철학을 창조할 필요가 있다고 지적하는 점도 우리가 주의 깊게 보아야 할 대목이다. 즉, 엘리엇의 취지는 시와 철학의 적절하고 정확한 결합을 이야기하고 있는 것이라 할 수 있다.

계속해서 엘리엇은 시 창작 과정과 블레이크의 관계를 다음과 같이 설정한다.

> 결점은 물론, 장시 또는 구조가 중요한 시에서 가장 명백히 나타난다. 블레이크는 더 객관적인 시각을 도입하거나 이것을 다양한 인물들로 나누어 놓지 않으면 매우 많은 시를 쓸 수 없다. 그러나 장시의 취약성은 물론 그들이 너무 환상적이기 때문도 아니고 세상과 너무 멀리 떨어져 있어서도 아니다. 그것은 블레이크가 많은 것을 보지 못했고 아이디어에 너무 몰두했기 때문이다. (*SE* 278−279)

> The fault is most evident, of course, in the longer poems-or rather, the poems in which structure is important. You cannot create a very large poem without introducing a more impersonal point of view, or splitting it up into various personalities. But the weakness of the long poems is certainly not that they are too visionary, too remote from the world. It is that Blake did not see enough, became too much occupied with ideas.

우리는 여기서 또 한 번 엘리엇이 시 창작 과정에서 강조하는 것이 무엇인지를 알 수 있다. 그것이 바로 작가란 작품 창작 과정에서 객관적 관점을 도입하거나 이것을 다양한 인물들로 분화시켜야만 장시를

창작해 낼 수 있다는 것이다.[3] 그러면서 장시의 취약성은 너무 환상적
이거나 세상과 너무 멀리 떨어졌기 때문이 아니라고 주장한다. 비록 블
레이크에 대해서 "우리가 전적으로 환상의 개념을 모르기 때문에 블레
이크가 우리에게 알려져 있지 않다"(Altizer 33)며 그의 천재적인 환상
력을 칭찬할 수도 있지만 엘리엇은 블레이크가 많은 것을 보지 못했고
너무 아이디어에 몰입했다는 사실을 하나의 아쉬움으로 진단하고 있
다. 그러면서 엘리엇은 이 글 종반 부분에서는 완곡하게 블레이크의
장점과 단점을 동일 평면 위에 놓고 진단한다.

> 블레이크는 인간의 본성에 대해 상당히 이해할 수 있는 능력과
> 현저하고 독창적인 언어에 대한 감각과 언어의 음악성, 그리고
> 환각에 취할 정도의 상상력의 재능도 부여 받았다. 이런 것들이
> 객관적 이성과 상식, 과학의 객관성에 대한 관심에 의해 통제되
> 었었더라면 그것은 그에게 더 좋았을는지 모른다. 그의 천재성
> 이 필요한 것 그리고 그것이 슬프게도 부족했던 것은 그로 하여
> 금 그 자신의 철학에 몰입하는 것을 막아주고 그의 관심을 시인
> 의 문제에 집중할 수 있게 해 주는 일반에게 인정되고 전통적인
> 아이디어의 구조였다. (SE 279-280)

> Blake was endowed with a capacity for considerable understanding
> of human nature, with a remarkable and original sense of language
> and the music of language, and a gift of hallucinated vision. Had
> these been controlled by a respect for impersonal reason, for
> common sense, for the objectivity of science, it would have been
> better for him. What his genius required, and what it sadly lacked,

---

[3] 『황무지』에 등장하는 대표적인 인물들로는 점술가, 상류층 여인, 타이피스트(Typist), 가옥 소
개업 집 서기 등 다양하다.

was a framework of accepted and traditional ideas which would
have prevented him from indulging in a philosophy of his own, and
concentrated his attention upon the problems of the poet.

먼저 블레이크의 우수성은 바로 인간의 본성에 대한 엄청난 이해력
이며 또한 독창적인 언어 감각 그리고 언어의 음악성과 독창적인 재능
등을 엘리엇이 블레이크의 장점으로 평가하고 있다. 엘리엇은 인간의
본성에 대한 이해력과 어휘의 독창성과 음악성은 모두 엘리엇의 비평
관에 있어서 매우 호의적으로 평가되고 있는 항목들이다. 그러므로 엘
리엇의 눈에는 블레이크의 이러한 장점들이 호의적으로 보였음에 틀
림없을 것이다. 그러나 아쉬운 점은 바로 이러한 블레이크의 장점이
"객관적인 이성"이나 "상식" 그리고 "과학적인 객관성"에 의해서 통제
되었다면 블레이크는 더욱더 훌륭했을 것이라고 주장한다는 사실이
다. 그러면서 엘리엇은 블레이크의 천재성이 요구했던 것과 슬프게도
그의 천재성이 부족했던 것은 바로 블레이크 자신만의 철학에 몰두하
는 것을 막을 수도 있었던 일반인에게 인정되고 전통적인 아이디어의
구조였다고 진단한다. 이 논리를 변형하면 결국 블레이크는 전통적인
아이디어가 부족했기 때문에 그는 자신만의 철학에 몰두하게 되었다
고 볼 수 있다. 이것이 바로 엘리엇이 블레이크를 바라보는 평가 내용
의 중심이 될 수 있을 것이다.

계속해서 엘리엇은 "사고와 정서 그리고 상상력의 혼란을 우리는
『짜라투스트라는 이렇게 말했다』(Also Sprach Zarathustra)와 같은 작품
에서도 볼 수 있는데, 이것은 분명히 라틴식의 미덕은 아니라며"(SE
280) 「윌리엄 블레이크」의 결론에 이르러서는 블레이크를 다음과 같
이 진단하며 자신의 글을 마무리한다.

문제는 아마 블레이크 자신이 아니라 그러한 시인이 필요로 했던 것을 제공해 주지 못한 환경에 있을 것이다. 비록 의식적인 블레이크가 동기에는 매우 무의식적이었을지라도 아마 환경이 그로 하여금 작품을 쓰도록 강요했을 것이며, 아마도 블레이크는 철학자와 신학자를 필요로 했을 것이다. (*SE* 280)

The fault is perhaps not with Blake himself, but with the environment which failed to provide what such a poet needed; perhaps the circumstances compelled him to fabricate, perhaps the poet required the philosopher and mythologist; although the conscious Blake may have been quite unconscious of the motives.

바로 블레이크의 결점은 블레이크 자신이 아니라 환경이라는 사실을 이 글 서두에서 지적한 것처럼 재차 엘리엇이 지적하고 있다. 그러니까 블레이크 자신에게는 큰 결함이 없는 것으로 진단하며 또한 "의식적"인 블레이크가 그 동기에 있어서는 매우 "무의식적"이었다는 블레이크에 대한 엘리엇의 평가를 볼 수 있다. 엘리엇의 입장에서 이를 뒷받침 할 수 있는 것이 바로 "객관적 상관물", "통일 감성", "몰개성 시론" 등의 문학 창작 기법일 것이다. 이와 같은 문학 비평 용어는 모두 작가가 작품 창작 과정에서 의식적으로 신중을 기해야 한다는 논리라고 볼 수 있다. 그렇다면 블레이크 자신은 의식적이었으나 "동기"에 무의식적이었다는 것은 바로 작품 창작 과정에 있어서의 문제점을 엘리엇이 제기하고 있는 것이다. 그러나 "블레이크의 전체적인 지적 천재성과 상상력의 천재성을 전통이라는 분편 위에서 중요시 되도록 만들자"(Thompson 33)는 제안이나 "블레이크는 그와 동시대 사람들에게는 성공하지 못하고 가난한 낭만주의 시대의 예술가였으며 거의 등한시 여겨지는 사람이었으나 후에는 일반적으로 특이한 천재로 여겨졌다"(Greer 90)는 평가 등에서 블레이크의 우수한 천재성을 살펴볼 수 있으나 엘리엇은 이와는 달리 블레이크를 보는 시각의 중심 내용은 바로 블레이크 자신의 독창성과 천재성이라기보다는 문학의 기본적인 창작방법을 준수하기를 바라고 있다고 볼 수 있다.

Ⅲ. 나오는 말

지금까지 「윌리엄 블레이크」를 중심으로 엘리엇의 시각에서 블레이크에 대한 전반적인 사항들을 살펴보았다. 앞서 살펴본 바와 같이 엘리엇과 낭만주의자들에 대한 연구는 비교적 활발하다. 다만 블레이크를 엘리엇과 연결시킨 연구는 부재한 것으로 밝혀졌다. 엘리엇과 블레이크는 시의 주제 선택에 있어서는 대조를 보인다. 즉, 엘리엇은 한 시대의 병폐 또는 비정상적인 인간의 생활상을 주제로 선택할 것을 주장하면서 블레이크는 개인의 정신적 질병을 주제로 사용한다고 엘리엇은 진단한다. 그러나 블레이크는 매우 순수한 정직성과 초기 시에 있어서의 동화력을 소유하고 있다고 엘리엇은 평가한다. 그리고 이러한 면모에 대해 엘리엇이 아낌없는 찬사를 보낸다. 그리고 또한 블레이크의 독창적인 언어감각, 언어의 음악성, 창조적 재능 등에 대해서도 엘리엇은 역시 호의적인 시선으로 바라본다. 그러나 문제는 블레이크 자신에게 있는 것이 아니라 환경이라는 엘리엇의 지적을 살펴볼 수 있었다. 바로 블레이크는 다양한 체험이나 경험의 부족으로 인해 작품의 주제나 기법이 오직 블레이크 자신만의 스타일로 일관했다는 것이 엘리엇이 견지하고 있는 시각이다. 이것을 엘리엇은 오히려 블레이크의 단점이 될 수 있다고 보고 있다. 그 이유는 엘리엇에게 작가란 지적이면 지적일수록 오히려 더 좋다고 주장했기 때문이다.

참고문헌

안영수. 「T. S. 엘리엇과 낭만주의」. 『T. S. 엘리엇 연구』. 한국 T. S. 엘리엇학
회. (1995): 113-136.

여인천. 「엘리엇과 반 낭만주의」. 『칼빈논단』. 칼빈대학교. (2005): 499-512.

Altizer, T. J. "The Revolutionary Vision of William Blake." *The Journal of Religious Ethics* 37.1 (2009): 33-38.

Bloom, Harold. *The Visionary Company: A Reading of English Romantic Poetry.* London: Cornell UP, 1961.

Bornstein, George. *Transformations of Romanticism in Yeats, Eliot, and Stevens.* London: Chicago UP, 1976.

Crosby, M. "Laura Quinney: William Blake on Self and Soul." *The Review of English Studies* 62.257 (2011): 823-825.

Eliot. T. S. *Selected Essays: 1917~1932.* New York: Harcourt, Brace and Company. 1932. [*SE*로 표기함]

_____. *The Sacred Wood: Essays on Poetry and Criticism.* London: Methuen & Co Ltd., 1972. [*SW*로 표기함]

Franklin, George. "Instances of Meeting: Shelley and Eliot-A Study in affinity." *ELH* 61.4 (1994): 955-989.

Goldweber, Dave. "The Style and Structure of William Blake's 'Bible of Hell'." *English Language Notes* 32.4 (1995): 51-66.

Greer, H. "Art Frozen Fire: The Visionary World of William Blake." *The World & I* 16.4 (2001): 90-97.

Hall, Vernon. ed. *A Short History of Literary Criticism.* New York: New York UP, 1963.

Ibata, H. "William Blake's Visual Sublime." *European Romantic View* 21.1 (2010): 29-48.

Jager, C. "Matthew J. A. Green, Visionary Materialism in the Early Works of William Blake: The Intersection of Enthusiasm and Empiricism." *European Romantic Review* 19.3 (2008): 289-291.

Lobb, Edward. *T. S. Eliot and The Romantic Critical Tradition.* London: Routledge & Kegan Paul, 1981.

Lowe. P. "The Question of Self-Consciousness in the Poetry of Shelley and T. S. Eliot." *Yeats Eliot Review* 19.3 (2002): 11-26.

Matterson, Stephen. *Harmony of Dissonances: T. S. Eliot, Romanticism, and Imagination.* (Book Review). *Modern Language Review* 88.2 (1993.4): 430.

Matthiessen, F. O. *The Achievement of T. S. Eliot: An Essay on the Nature of Poetry.* London: Oxford UP, 1976.

Mcquail, J. A. "Passion and Mysticism in William Blake." *Modern Language Studies* 30.1 (2000): 121-136.

Mulhallen, K. "The William Blake Project." *University of Toronto Quarterly* 80.4 (2011): 779-785.

Pyle, Forest. *The Ideology of Imagination: Subject and Society in the Discourse of Romanticism.* Stanford: Stanford UP, 1995.

Ratcliff, C. "The People's Bard as Artist, Poet and Printer, William Blake was driven by a prophetic, revolutionary ferver." *Art in America* 89.9 (2011): 116-123.

Scott, G. "William Blake in a Newtonian World: Essays on Literature as Art and Science by Stuart Peterfreund." *Criticism* 41.1 (1999): 141-144.

Tambling, J. "John B. Pierce, The Wonderous Art: William Blake and Writing." *The Modern Language Review* 100.2 (2005): 488.

Thompson, E. "Anti-Hegemony: The Legacy of William Blake." *New Left Review* 201 (1993): 26-33.

제5장
예이츠와 워즈워스, 그리고 그들의 낭만시학[1]

예이츠(W. B. Yeats)는 낭만주의적 기질에 심미적 예술가 그리고 상
징주의 시인이면서 신비주의 시인으로 불리기 때문에 우리는 그를 특
별한 시인으로 간주한다. 예이츠는 정통 모더니스트보다는 오히려 어
떤 문학사의 조류에도 속하지 않는 편이었지만, 굳이 분류하자면 자신
의 표현처럼 현대의 마지막 낭만주의 시인(김재봉 3)[2]이라고 할 정도
로 낭만주의에서는 단연 선두의 자리를 확보하고 있다.

초기 낭만주의의 선언이라는 글을 써서 세상을 놀라게 한 워즈워스

---

1) 이 논문은 한국예이츠학회의 『한국예이츠저널』 제38권, pp.239~256에 게재되었던 것을 수정
   및 보완했음을 밝힌다.
2) 그 외에도 예이츠는 아일랜드의 통일을 위하여 분투한 민족주의자이며, 현실정치에 참여한
   정치인가하면, 접신술 · 장미십자회의주의 · 신플라톤주의 · 신비주의 그리고 『우파니샤드』
   (Upanisad)와 일본의 노오(Noh Play)극을 통하여 선불교를 수용한 철학적인 종교인이자, 블레크
   나 셸리의 영문학 전통을 이어받은 위대한 시인이다(서혜숙 123).

(W. Wordsworth)와 20세기 낭만주의의 선구자로 손꼽는 예이츠를 살펴보는 것도 흥미로운 일이 될 것이다. 과연 워즈워스의 낭만주의적 전통이 예이츠에게는 어떻게 반영되었으며, 또한 변화가 있다면 어느 면에서 변화를 보이고 있는지 살펴보는 것 또한 흥미로울 것이다. 먼저 워즈워스가 살던 시대는 존슨(Samuel Johnson)이 아직도 신고전주의의 문학적 전통에서 작품 활동을 하고 있었다. 즉, 이 시기에는 개인의 자유나 개인의 재능과 개성을 중요시하지 않고 로마의 고전에서 발견되는 법칙을 찾아 모방하는 것을 좋은 창작 기법으로 여겼다. 그러나 워즈워스가 전혀 새로운 주장을 펼치면서 문학에서 자신의 중요성을 알리게 되었다. 워즈워스는『서정 민요집』(*Lyrical Ballards*)의 서문에서 자신은 바로 인간에게 말한다(*LC* 79)고 주장한다. 우리는 바로 인간이라는 말에 중심을 두어야 할 것이다. 워즈워스로부터 시 창작의 중심이 로마의 고전에서 인간으로 이동하는 것이다.3) 그에게는 17세기 문학형식의 기본 틀인 예법(decorum)이 더 이상 시의 특별한 목적이 아니었다(*LC* 79). 워즈워스의 선언을 직접 살펴보자.

> 중요한 목적은…… 평범한 일상의 사건들과 상황들을 선택해서 이들을 철저하게 정말로 인간이 사용하는 언어의 선택으로 묘사하는 것이며 동시에 이들을 확실한 상상의 채색이 되게 하는 것이다. 그럼으로써 평범한 것들이 비범한 모습으로 인간에게 묘사되어야 한다. 게다가 더더욱 무엇보다도 이 사건들과 상황들을 그들 속에서 정말로 화려하지는 않더라도 우리의 중요한 자연법칙을 추적함으로써 흥미롭게 만드는 것이다.

---

3) 아마도 워즈워스가 여기서 말하는 인간이란 평범한 인간을 지칭하는 것일 것이다. 그래서 워즈워스에게는 왕과 왕비, 공주, 귀족 등은 시에서 더 이상 고상한 주제는 아니었다(*LC* 79).

The principal object⋯⋯ was to choose incidents and situations from common life, and to relate or describe them, throughout, as far as was possible in a selection of language really used by man, and at the same time, to throw over them a certain coloring of imagination, whereby ordinary things should be presented to the man in an unusual aspect, and, further, and above all, to make these incidents and situations interesting by tracing in them, truly though not ostentatiously, the primary law of our nature. (*LC* 79)

위의 워즈워스의 주장에 의하면 시인이 시를 창작할 때는 가능한 평범하고 일상적인 사건과 상황들을 선택하라는 것이다. 여기에 상상력을 가미하여 우리에게 더욱더 새롭게 전달하라는 의도로 해석할 수 있다. 워즈워스는 특히 보통사람의 언어, 즉 시골풍의 언어를 사용할 것을 주장한다(*LC* 80). 그에게는 도시나 궁정에 사는 사람들의 관습엔 관심이 없으며 그는 단지 시가 마음의 본질적인 열정을 다루기를 원한다(*LC* 80). 즉, 워즈워스의 자연숭배(nature-worship)라는 시적 창작 방법은 매우 자주 사용되어 이 표현이 없으면 현재는 상상할 수 없을 정도이다(Priestman 156). 그래서 그에게는 농부의 언어가 최상이다. 그 이유는 이 농부들은 본질적으로 가장 좋은 언어가 나올 수 있는 최상의 대상(objects)과 소통할 수 있기 때문이다(*LC* 80). 우리는 익히 워즈워스의 시 창작 방법을 "좋은 시란 강력한 감정의 자발적인 흘러넘침" (Good poetry is the spontaneous overflow of powerful feeling)이라는 사실을 알고 있다.4) 그에게 시인이란 단지 "인간에게 말하는 사람이며,

---

4) 그러나 2009년에 부쉘(Bushell)은 워즈워스의 시적 과정이 지속적인 자발적 정서의 넘쳐흐름이 아니라 임의성(optionality)과 재조합(recombination)과 관련된 방법이라고 분석하기도 한다(400). 그리고 2006년에 워즈워스는 시인을 신비라는 정서적인 부담(burden)으로 안내하는 상상력과 독자에게 바로 그 상태를 의심하게 만드는 지성 사이의 전투를 보여주는 시인(Cappeluti 581)으

동시에 인간의 특성에 대해 더 잘 알고 있는 열정과 부드러움을 간직한 사람"(*LC* 80)이다.

워즈워스가 주장한 시의 탄생 과정과 특성을 요약하면 다음과 같은 도식이 성립할 것이다.

(시인의 관점)
the poet →nature →poet's emotions →these emotions →a poem
(help of images)

(독자의 관점)
the reader →poem →the image of nature →reader's emotions.

위의 도식에서 매우 흥미로운 사실은 독자와 작가 모두에게 자연(nature)과 정서(emotion)가 공통분모로 작용하고 있음을 볼 수 있다. 즉, 시인은 자연 속에서 정서를 일으키며 이 정서가 이미지의 도움으로 한편의 시를 만든다는 것이다. 반면에 독자는 시를 읽고 자연의 이미지에 의해 독자의 정서를 불러일으킨다는 논리이다. 그래서 시인과 독자 사이의 의사소통은 바로 심상(idea)의 영역이 아니라 바로 정서의 영역 사이에서 독자와 시인과의 의사소통이 형성된다. 자칭 마지막 낭만주의 시인인 예이츠의 시에는 어떤 모습을 보이며, 또 어떻게

로 보기도 한다. 그리고 윌리(Basil Willey)는 새로운 시인을 두 가지로 분류하는데 첫째가 현존하는 우주와 더불어 시인의 마음과 정(heart)을 직접적으로 취급함으로써 시를 만드는 사람이며, 두 번째가 자기 자신의 모든 고대의 자료를 반듯이 거부하지는 않고 자신만의 새로운 방법론을 만들어 내는 시인이다. 그런데 키이츠(Keats)와 셸리(Shelley)는 두 번째 시인 그룹에 속하고 워즈워스는 첫 번째에 속한다(85)고 보고 있다. 특히 예이츠 자신도 셸리에 대한 토론에서 셸리는 자신이 초기 시를 쓸 때 무의식적인 삶이 그것의 손을 상상의 키(rudder)에 너무 강하게 올려놓았기 때문에 그는 이미지의 추상적 의미를 거의 알지 못했다라고 한 바 있다(재인용 Ryan 7).

변형되어 나타나고 있을까라는 궁금증이 유발된다.

  예이츠의 시에서 가장 낭만적인 분위기와 개인적인 정서를 직접적으로 표현해 놓은 시가 있다면 바로 「이니스프리의 호도」("The Lake Isle of Innisfree")를 제일 먼저 꼽게 될 것이다.

> 나 일어나 이제 가리, 이니스프리로 가리.
> 거기 윗가지 엮어 진흙 바른 작은 오두막을 짓고
> 아홉이랑 콩밭과 꿀 벌통하나
> 벌 윙윙대는 숲 속에 나 혼자 살으리.
>
> 거기서 얼마쯤 평화를 맛 보리, 평화는 천천히 내리는 것
> 아침의 베일로부터 귀뚜라미 우는 곳에 이르기까지
> 한밤엔 온통 반짝이는 빛, 한낮엔 보랏빛 환한 기색
> 저녁엔 홍방울새의 날개 소리 가득한 그곳

> I will arise and go now, and go to Innisfree,
> And a small cabin build there, of clay and wattles made;
> Nine bean-rows will I have there, a hive for the honey-bee,
> And live alone in the bee-loud glade.
>
> And I shall have some peace there, for peace comes dropping slow,
> Dropping from the veils of the morning to where the cricket sings;
> There midnight's all a glimmer, and noon a purple
> And evening full of the linnet's wings. (*VP* 117)

  이 시는 개인의 고백적인 스타일로 자신의 소망을 담아 놓고 있는데 매우 평범한 인간의 어조로 표현한다. 그러나 이것들을 무작위로 표현

하지 않고 예이츠는 아름다운 한 편의 동시처럼 표현하고 있다. 분위기 역시 도회지가 아니라 시골 농촌의 전원생활의 분위기를 한 폭의 풍경화에 그대로 그려 놓고 있는데 이는 바로 예이츠가 낭만주의자로서 표현주의자(이영석 127)라고 할 수 있다. 이는 특히 예이츠가 사용하고 있는 언어에서 잘 표현된다. 시의 어조는 감정의 자연발생적인 넘쳐흐름이라는 표현에 어울리지만 비교적 예이츠는 차분한 분위기를 이끌어내어 한층 더 그 품격을 높이고 있다. 결국 예이츠는 자연을 보고 얻은 영감을 자신의 정서를 조절하여 드러냄으로써 독자에게 자신의 의도를 드러내 보이는데 독자는 바로 시인 예이츠의 정서를 그대로 느낄 수 있다. 이 정서는 리듬을 통해 전달된다. 1932년 예이츠는 BBC에서 자신의 시에 대한 증언에서 이 작품 「이니스프리의 호도」와 「두니의 연주자」("The Fiddler of Dooney")에 대해서 리듬(rhythm)에 매우 강조점을 두었으며 만약에 우리가 이것에 익숙하지 않다면 이상하게 보일 수도 있다고 말했다(Vendler 37). 리듬과 더불어 정서를 표현하기 위해 예이츠는 주로 상징의 매개체로서 섬, 장미, 말/기마수, 새, 춤, 무용수, 물, 바다, 조수, 불, 피, 가이어, 천상계, 낚시꾼, 노인, 나무, 해, 달, 백조 등을 사용한다(김정규 12). 예이츠가 사용한 이러한 상징의 매개체는 이 시적 상징의 매개체들이 평범한 일상생활에서 볼 수 있는 것들—워즈워스 식으로 보면 평민의 생활— 속에서 발견할 수 있는 것들이다. 그러나 특이한 사실은 상징주의자로서 예이츠는 코드(codes)를 사용하고 있는데 이것은 감정을 숨기려는 소망과 공공연하게 보여주려는 의도 사이의 갈등의 결과(Knox 19)라고 볼 수 있다.

「화살」("The Arrow")에서 예이츠는 주인공의 심리상태를 다음과 같이 표현한다.

그대의 아름다움을 생각했더니, 격정적인
생각해서 빚어진 이 화살이 내 골수에 들어 있소.
어떤 남자도 그 어떤 남자도 그녀를 바라보지 않으리.
이제 한 여인으로 갓 성장하여
큰 키에 당당하지만 얼굴과 가슴은
사과 꽃처럼 섬세한 색깔 띤 여인을 바라볼 때 같이.
이 미녀는 한결 상냥하지만, 이유가 있으매
늙은 것이 한물갔음을 나는 슬퍼한다오.

I thought of your beauty, and this arrow,
Made out of a wild thought, is in my marrow.
There's no man may look upon her, no man,
As when newly grown to be a woman,
Tall and noble but with face and bosom
Delicate in colour as apple blossom.
This beauty's kinder, yet for a reason
I could weep that the old is out of season. (*VP* 199)

예이츠는 시를 창작하는 데 어떤 허위 또는 가식을 사용하지 않고
그대로 주인공 자신의 정서를 노출시키고 있다. 독자는 즉시 예이츠가
전달하고자 하는 내용의 중심이 무엇인지를 알 수 있다. 이 시가 사과
꽃 같은 시인의 연인 모드 곤(Maud Gonne)이 점점 늙어가고 있음을 안
타까워하는 심정을 묘사한 시로 정의한다면(이세순 14), 예이츠는 이
목적을 달성하기 위해서 자신의 느낌에서 자연적으로 떠오르는 정서
를 그대로 표현해 놓았다고 할 수 있다. 바로 예이츠라는 인간 자신의
언어로 표현해 놓은 것이다. 그러나 우리는 워즈워스처럼 감정의 흘러
넘침으로 인한 과도한 정서에 의존하지 않고 있다는 사실에 주의를 기

울여야 한다. 일반적으로 예이츠의 시는 자기 시대의 문화, 실제 사건들, 역사에 대한 인식, 개인적 삶에 대한 많은 소재와 주제를 포함하고 있다(강민건 188). 마지막 구절에서 현재 자신의 상황을 그대로 읽어낼 수 있다는 것도 사실이며 동시에 사실적인 정서에 의존하고 있다. 1913년 1월에 『시』(Poetry)지에 글을 쓰면서 파운드(Ezra Pound)는 예이츠가 주관적(subjective)이라고 평가했으며 그는 예이츠에게 이 잡지에 시를 기고할 것을 설득하기도 했다(Simpson 27). 아마도 파운드가 행한 예이츠의 평가 속에는 예이츠 시의 아름다움과 상징을 위한 은유하며 절제된 정서를 예이츠가 지니고 있다고 추론할 수 있을 것이다. 이와 같이 예이츠는 폭넓게 전통적인 영시의 규범을 고수했으며 결코 운율을 사용하지 않는 시를 쓴 적이 없다(Schmidit 318). 이는 다시 예이츠가 음악성을 염두에 두었다고 볼 수 있다.5)

「결코 마음을 다 주지 말라」("Never Give All The Heart")라는 시를 보면 시인 예이츠의 솔직 담백한 고백 내지는 생각을 꾸밈이나 비유 없이 그대로 표현하여 독자가 예이츠 혹은 주인공의 정서를 그대로 느낄 수 있게 표현한다.

> 결코 마음을 다 주지 말라.
> 열정적인 여성들에게 사랑은
> 사랑이 확실해 보일 때면,
> 생각할 가치도 없는 것으로 여겨지고,
> 그것은 입맞춤에서 입맞춤으로 전전하다가

---

5) 예이츠와 동시대 시인인 엘리엇(T. S. Eliot) 역시 음악성을 강조한 바 있다. But I believe that the properties in which music concerns the poet most nearly, are the sense of rhythm and the sense of structure. I think that it might be possible for a poet to work too closely to musical analogies: the result might be an effect of artificiality; but I know that a poem, or a passage of a poem, may tend to realize itself first as a particular rhythm before it reaches expression in words. (OPP 38)

결국 시들게 마련임을
그들은 꿈엔들 알지 못하지.
사랑스런 건 모두가
한순간의 꿈결 같고 정감어린 즐거움일 뿐.
아, 결코 마음을 송두리째 주지 말라.
여성들은, 부드러운 입술이 언명한
그 모든 사랑의 언약에 아랑곳 않고,
모두가 자신들의 사랑을 연출하지.
게다가 사랑으로 눈멀고 귀먹고
말문마저 막혀 버린다면
어느 누가 사랑의 연기인들 제대로 할 수 있으랴?
이 지경까지 이르게 한 자
사랑의 대가를 너무도 잘 알고 있나니.
그는 마음을 다 쏟아 붓고도 사랑을 잃었네.

Never give all the heart, for love
Will hardly seem worth thinking of
To passionate women if it seem
Certain, and they never dream
That it fades out from kiss to kiss;
For everything that's lovely is
But a brief, dreamy. kind delight.
O never give the heart outright,
For they, for all smooth lips can say,
Have given their hearts up to the play.
And who could play it well enough
If dead and dumb and blind with love?
He that made this knows all the cost,
For he gave all his heart and lost. (*VP* 202)

우리는 이시의 첫 구절 "결코 마음을 다 주지 말라"는 표현만 보아도 주인공의 현재 상태에 어떤 사건(event)이 있었는지 즉시 알아 낼 수 있다. 즉흥적인 정서의 토로를 통하여 예이츠 자신이 전달하고자 하는 내용의 중심을 첫 구절에서부터 확실하게 보여주고 있는 것이다. 이로 말미암아 독자는 예이츠가 전달하고자 하는 내용의 중심, 즉 주제를 어느 정도 빠르게 알 수 있다. 바로 예이츠 내지는―만약 예이츠 자신의 정서노출이 아니었다면 다른 시적 창작 방법을 사용했다고 볼 수 있지만― 화자의 주인공이 실연을 당하였거나 연인과의 관계에서 무슨 문제가 발생하였다는 것을 알 수 있다. 이것이 마지막 시행에 좀 더 자세하게 "그는 마음을 다 쏟아 붓고도 사랑을 잃었네"라고 결론을 맺고 있다. 예이츠는 저자의 심정을 위 시를 통하여 마치 서론, 본론, 결론으로 나누어 놓은 것처럼 3회에 걸쳐 이야기하고 있다. 즉 첫 행에 "결코 마음을 다 주지 말라" 그리고 제8행에서 "아, 결코 마음을 송두리째 주지 말라" 그리고 이어서 한 번 더 자신의 상황을 "그는 마음을 다 쏟아 붓고도 사랑을 잃었네"로 마무리 짓고 있다. 이 구절은 낭만적인 어구로서 화자의 정서를 즉흥적으로 표현해 놓은 방법이지만 체계가 잘 잡힌 어구이다. 즉 예이츠의 교묘한 시 창작 기법을 통해 더욱더 독자의 가슴을 벅차고 아리게 만들어낸다. 일반적으로 낭만주의 시학의 핵심은 자연과 관련된 의식의 문제라고 할 수 있다. 낭만주의에서 시인의 의식은 외부세계의 물질적 자연대상에 대한 지각과 상상력을 통해 시적 이미지를 만들고 의식의 산물인 이미지는 낭만주의 시의 주요한 형식으로 부각된다. 자연 이미지는 자연 대상과 인간 의식을 매개하며, 시어의 위상과 관련된 문제적 위기의 결정적 지표가 된다(박선애 29).

예이츠는 자연물에 동화된 모습을 시적 언어로 훌륭하게 표현한다. 워즈워스 식으로 바꾸면 전원적인 생활에서 찾을 수 있는 자연물을 시에 그대로 적용하고 있는 것이다. 그 모습을 예이츠는 「야생의 숲」
("The Ragged Wood")이라는 작품에서 찾을 수 있다.

오 서둘러 갑시다 나무들 사이 개울가로
우아하게 걷는 수사슴과 그 짝이
서로의 모습만을 보았을 때 한숨 쉬는 곳으로,
그대와 나 이외엔 아무도 사랑하지 않았으리니!

아니면 태양이 황금빛 두건 밖으로 보았을 때
천상의 은백색 환한 얼굴의 지엄한 여왕이
은 구두 신고 미끄러지듯 지나는 소리를 들었나요?−
오 그대와 나 이외엔 아무도 일찍이 사랑하지 않았다오!

야생의 숲으로 서둘러 갑시다. 왜냐하면 거기서
나는 그 모든 연인들을 몰아내고 외치리니−
오 세상의 매 몫이여. 오 노란 머리여!
그대와 나 이외엔 아무도 일찍이 사랑한 적 없다고.

O HURRY where by water among the trees
The delicate-stepping stage and his lady sigh,
When they have but looked upon their images−
Would none had ever loved but you and I!

Or have you heard that sliding silver-shoed
Pale silver-proud queen-woman of the sky,
When the sun looked out of his golden hood?−
O that none ever loved but you and I!

O hurry to the ragged wood, for there
I will drive all those lovers out and cry —
O my share of the world, O yellow hair!
No one has ever loved but you and I. (*VP* 210 — 211)

이 시의 첫 연에서는 평화로운 시골풍경이 그려져 있으며, 둘째 연에서는 마치 여왕과 같은 상대방의 모습이 묘사되어 있다. 셋째 연에서는 상대방이 자신의 사랑을 받아주기를 권유하고 있다(최희섭 48). 이런 균형 잡힌 구조의 우수성은 물론이거니와 첫 연에서 시골풍경이 아름답게 묘사되어 있는 것도 독자인 우리의 시선을 끌어 들인다. 워즈워스 식으로 보면 전원생활 즉, 농민의 언어가 그대로 시에 사용되고 있다. 즉, 나무, 개울가, 수사슴, 한숨 쉬는 곳, 은백색 얼굴, 구두신고 미끄러지듯, 야생의 숲 등 예이츠는 비교적 서민적이고 자연계 속에 존재하는 사물의 모습을 시적 언어로 사용하고 있다. 비록 3연(stanza)으로 구성된 단시임에도 불구하고 이러한 흥미로운 제재들을 다양하게 사용하고 있다. 이런 제재들은 모두 농민들이나 일반 서민 독자층이 감상하기에 전혀 무리가 없는 시어들이라고 판단된다. 앞서 보았던 「이니스프리의 호도」와는 주제 면에서는 차이가 있을 수도 있겠으나 예이츠가 추구하는 시적 창작의 표현 방법에는 변함이 없다는 사실을 알 수 있다. 예이츠는 이외에도 「행복한 목동의 노래」("The Song of The Happy Shepherd"), 「슬픈 목동」("The Sad Shepherd") 등의 제목에서도 전원적이며 낭만적인 분위기를 느낄 수 있다. 예이츠는 「켈트의 박명으로부터」("From The Celtic Twilight")(1893)라는 글에서 다음과 같이 말한다.

그러나 나는 내 자신의 믿음과 농부들의 믿음을 구별하려고 애쓰지 않았다. 인간이 듣고 보았던 것들은 인생의 줄거리이며, 그가 이들을 기억이라는 혼란스러운 물레질로부터 조심스럽게 잡아떼어 놓으면 할 수 있는 사람은 믿음이라는 의복이 그들을 가장 즐겁게 할 수 있는 것은 무엇에나 그들을 엮어낼 수 있다.

I have, however, been at no pains to separate my own beliefs from those of the peasantry……The things a man has heard and seen are threads of life, and if he pull them carefully from the confused distaff of memory, any who will can weave them into whatever garments of belief please them best. (Pethica 177)

결국 위의 이야기를 통해서 예이츠도 농부들의 믿음과 자신의 믿음을 동일시하려고 노력했다는 사실을 알 수 있다. 다만 인간이 듣고 보았던 모든 것들을 조심스럽게 분리해서 더욱더 좋은 작품으로 창조해 내려고 했던 예이츠의 의지를 엿볼 수 있다. 결국 예이츠의 문학 창작의 독창성을 보여주는 예라고 볼 수 있다. 예이츠는 낭만주의적 기교―워즈워스 식으로 보면 시인 정서의 자발적인 넘쳐흐름의 현상―를 「아 너무 오래 사랑 하지 마오」("O Do not Love Too Long")라는 시에서 다음과 같이 그리고 있다.

님이여. 너무 오래 사랑하지 마오.
난 오래 오래 사랑했소.
그리고 유행에 뒤졌소
옛 노래 가사처럼.

우리 젊은 시절 내내

아무도 구별 못했소
그들 자신의 생각과 남들의 생각을.
우리는 그렇게 하나였소.

그런데 아, 한순간 그녀는 변했소—
아 너무 오래 사랑하지 마오.
그렇지 않으면 그대는 유행에 뒤질 거요
옛 노래 가사처럼.

Sweetheart, do not love too long:
I loved long and long,
And grew to be out of fashion
Like an old song.

All through the years of our youth
Neither could have known
Their own thought from the other's,
We were so much at one.

But O, in a minute she changed—
O do not love too long,
Or you will grow out of fashion
Like an old song. (*VP* 212)

　우리는 여기서 예이츠가 이 시를 창작하는 표현 방법에 있어서 한
가지 흥미로운 사실을 발견할 수 있다. 표현에 사용된 어구들이 모두
누구나 쉽게 접할 수 있는 어구들이다. 바꾸어 말하면 우리는 매우 순
수하고 솔직 담백함을 느낄 수 있다. 이를 다시 워즈워스 식으로 변형

하면 농부의 언어라는 관점이 될 것이다. 설령 예이츠가 농부의 언어를 직접 사용하지 않았다고 반문을 하더라도 확실한 것은 예이츠의 이 시 속에는 그만큼 순수함이 그 바탕에 스며들어 있다는 것이다. 위를 통하여 우리는 멋진 예이츠의 낭만적 시를 한편 감상했다고 할 수 있으며 예이츠의 솔직 담백한 시적 창작 기법을 느낄 수 있다. 즉, 예이츠는 자연물에 동화되어 자신이 느끼는 정서를 시에 표현하게 되는데 독자는 이 과정에서 나온 결과 즉, 작품을 쉽게 이해할 수 있다. 우리는 이시의 제목만 보아도 시의 주제나 분위기를 쉽게 파악할 수 있다. 즉 제목 자체에서 벌써 시인의 정서 및 의도가 나온다. 다만 워즈워스와는 달리 감정이 절제된 침착한 분위기를 살펴볼 수 있으며, 논리적 표현을 위해 애쓴 예이츠 모습을 엿볼 수 있다. 그래서 예이츠는 그 자신의 정서적 투쟁뿐만 아니라 일반인과 특히 아일랜드 문화의 심리적 건전성을 위한 기교를 제공해 주는 시인(Merritt 235)이었다고 볼 수 있다.

다음은 「술타령」("A Drinking Song")이라는 시에서 짧지만 낭만주의의 시작 기법의 전형을 살펴볼 수 있다.

> 술은 혀끝을 간질이고
> 사랑은 눈에다 속삭이지.
> 우리 나이 들어 죽기까지
> 이것만은 진실로 알게 되리.
> 나 이제 술잔 들어 그대 바라보나
> 나오는 건 오직 한숨뿐.

> Wine comes in at the mouth
> And love comes in at the eye;

That's all we shall know for truth
Before we grow old and die.
I life the glass to my mouth,
I look at you, and I sigh. (*VP* 261)

    예이츠는 술과 사랑을 바로 연결시켜 일반서민들의 애상적 감각을 잘 전달한다. 예이츠는 위의 6행에 불과한 시행 속에 매우 흥미로운 그러나 솔직한 심정을 토로하고 있다.[6] 결론은 한숨이라는 애절한 느낌을 독자에게 부여한다. 한숨은 독자에게 즉흥적인 정서를 느끼게 할 수 있는 표현 방법의 매체가 된다. 독자는 첫 시행을 감상하면서 이 시의 분위기를 알아챌 수 있다. 예이츠의 솔직 담백한 표현에 독자는 시를 단순히 즐기는 여흥에 머무르지 않고 오히려 기대감을 부풀어 오르게 한다. 예이츠는 단시를 창작하면서도 즉흥적인 자기 정서의 발로에 의지했다고는 볼 수 있지만 균형 잡힌, 매우 조심스런 시적 어구의 선택에 귀를 기울이고―엘리엇 식으로 말하면 의식적으로― 있다고 볼 수 있다. 예이츠를 단순한 낭만주의자로 분류하기에는 부족함이 있다. 즉, 예이츠는 워즈워스의 낭만주의적 시 창작 기법을 반영하였으되 그와는 다소 차원이 높은 단계로 한 단계 승화시켰다고 볼 수 있다. 예이츠를 18세기 낭만주의자의 단순한 후계자로 분류하기에는 다소 무리가 있을 것으로 보인다. 이런 점 때문에 20세기 문학적 황제라고 불리는 엘리엇은 더블린(Dublin)에서 한 강의에서 예이츠를 "우리 시대의 가장 위대한 시인"(the greatest poet of our time)(재인용 Parmenter 6)으로 평가했을 것이다. 그리고 또한 예이츠는 18세기 이후의 모든 영시

---

6) 마치 필자의 생각으로는 파운드의 「지하철역에서」("In a Station of the Metro")라는 작품이 떠오른다. 매우 짧은 시로 알려져 있지만 이미지즘의 대표적인 시로 알려져 있다. 마치 엘리엇의 "주장은 적게, 함축하는 바는 많은 것"을 나타내기 위한 예이츠의 착상이라고 생각된다.

인들처럼 낭만적인 언어로 시작하였지만 끝은 달랐다. 우리는 그를 더 이상 낭만적 시인으로 분류해서는 안 된다(Tate 156)는 평가도 있다.

이제 마지막으로 시골풍의 언어를 사용한 모습을 우리는 「회색바위」("The Grey Rock")의 일부를 봄으로써 이 짧은 글을 마치려 한다.

하루해가 끝날 무렵 술잔이 순배할 때는―
좋은 이야기꺼리들이 떠오르는 시간이 아니겠나?―
신들은 슬리베나몬의 거대한 집에 있는
그들의 식탁에 앉아 있었네.
그들은 졸리는 노래를 불렀거나, 코를 골았지.
모두가 술과 고기를 잔뜩 먹었기에.
연기 나는 횃불이 빛을 발했네.
고반이 두들겨 만든 금속판 위에서나,
저기서 굴러다니는 속이 깊은 옛날의 은그릇 위에서.
혹은 아직도 비워지지 않은 술잔 위에서.
바로 그의 열정이 근육을 떨게 할 때는
산꼭대기에서 이 그릇과 잔을 망치로 두들겨 만들었었지.
오직 신들만이 그에게서 살 수 있는
그가 빚은 성스러운 술을 담기 위해서.

When cups went round at close of day―
Is not that how good stories run?―
The gods were sitting at the board
In their great house at Slievenamon.
They sang a drowsy song, or snored,
For all were full of wine and meat.
The smoky torches made a glare
On metal Goban'd hammered at,

On old deep silver rolling there
Or on some still unemptied cup
That he, when frenzy stirred his thews,
Had hammered out on mountain top
To hold the sacred stuff he brews
That only gods may buy of him. (*VP* 270−271)

위에서 보는 바와 같이 예이츠는 매우 토속적인 시어들을 배치하고 있다. 이로 인해서 독자들이 이 시를 감상하기에 용이할 것이다. 그리고 이것은 바로 그만큼 독자층을 확보할 수 있다는 논리로 바꿀 수 있다. 술, 고기, 횃불, 빛, 금속판, 은그릇, 술잔, 근육, 산꼭대기, 망치 등, 이것을 워즈워스 식으로 말하면 인간의 언어, 즉 소박하고 순수하며 솔직하며 꾸밈없는 언어를 사용한다고 볼 수 있다. 결국 예이츠가 이와 같은 이미지를 강조하고 있다는 사실은 그의 작품의 맥락에서 매우 중요하며, 심지어 20세기의 맥락에서는 더욱더 중요하다(Foley 6). 엘리엇학자이면서 예이츠학자로 알려진 테이트(Allen Tate)는 「예이츠의 낭만주의」("Yeats' Romanticism")라는 글을 다음과 같이 맺고 있다.

나는 이 글을 다음과 같은 소견으로 끝맺는다. 다음 세대의 예이츠 연구는 과도하게 학문적인 진행에 빠질 것이다. 그 결과 내 생각에 엘리엇 또는 파운드의 시보다 우리의 감성과 사고의 주된 전통의 중심에 더 가까운 시들이 가려지게 될 것이다.

I conclude these notes with the remark: the study of Yeats in the coming generation is likely to overdo the scholarly procedure, and the result will be the occultation of a poetry which I believe is nearer the center of our main traditions of sensibility and thought than the poetry of Eliot or of Pound. (162)

테이트가 예이츠의 문학적 우수성을 잘 요약하고 있다. 그는 예이츠를 감성과 사고의 주된 전통의 중심에 더 가까운 시인으로 분류해 예이츠의 낭만적 시학의 우수성을 지적해 주고 있다. 이는 바로 브룩스(Cleanth Brooks)가 「예이츠: 신화제작자로서의 시인」("Yeats: the Poet as Myth-Maker")이라는 글에서 예이츠의 체계를 "지성과 정서를 결합해주면서 종교적인 권위와 의미를 가지고 있다"(176)고 보는 것과 맥락이 유사하다.

예이츠를 단순히 낭만주의자로만 분류하기에는 무리가 따른다. 그는 낭만주의자이면서 심미적 예술가, 신비주의자, 상징주의자로 군림한다. 워즈워스가 말한 감정의 자연발생적인 넘쳐흐름의 시 창작 기법과 언어 선택에 있어서 평범한 것을 사용해야 한다는 워즈워스의 생각을 계승한 면이 있기는 하지만 예이츠는 이를 좀 더 확장하여 훌륭한 시학으로 발전시켰다.

그는 낭만주의자이면서 심미적 예술가, 신비주의자, 상징주의자로 군림한다. 워즈워스가 말한 감정의 자연발생적인 넘쳐흐름의 시 창작 기법과 언어 선택에 있어서 평범한 것을 사용해야 한다는 워즈워스의 생각을 계승한 면이 있기는 하지만 예이츠는 이를 좀 더 확장하여 훌륭한 시학으로 발전시켰다.

참고문헌

Abrams, M. H. ed., *English Romantic Poets: Modern Essays in Criticism*. London: Oxford UP, 1960.

Brooks, Cleanth. *Modern Poetry & The Tradition*. London: Oxford University Press, 1965.

Bushell, S. "The Making of Meaning in Wordsworth's Home at Grasmere." *Studies in Romanticism*. 48.3 (2009): 391–422.

Cappeluti, J. "Caliban to the Audience: Auden's Revision of Wordsworth's Sublime." *Studies in Romanticism*, 45.4 (2006): 563–584.

Craig, Cairns. *Yeats, Eliot, Pound and the Politics of Poetry*. Pittsburgh: Univ. of Pittsburgh Press, 1982.

Daniel, Anne Margaret. "The Prophets: Auden on Yeats and Eliot." *Yeats Eliot Review*, 16.3 (2000): 31–44.

Dyson, A. E. *Yeats, Eliot, and R. S. Thomas: Riding the Echo*. London: Macmillan, 1981.

Eliot, T. S. *On Poetry and Poets*. London: Faber and Faber, 1971. (*OPP*)

Foley, Jack. "Yeats's Poetic Art." *Yeats Eliot Review*(2002): 2–13.

Hall, Vernon. *A Short History of Literary Criticism*. New York: New York University Press, 1963. (*LC*)

Jun, Hongsil. *Essays on Ezra Pound's Poetry and Poetics*. Seoul: Dongin Publishing, 2005.

Kang, Mingun. 「A Romantic Revolutionist and Counter-Discourse: Decanonization of Yeats's Poetry」. 『The Yeats Journal of Korea』 36 (2011): 185–205.

Kim, Jeabong. *Yeats's Poetic World*. Pusan: Publisher of Dong-A Univ. 2002.

Kim, Jungkyu. *Yeats's Poetic Themes Classified by Symbolic Images*. Marsan: U of Kyongnam Univ. P., 2004.

Knox, Melissa. "Reading Yeats Between The Lines." *Yeast Eliot Review*, 17.3 (2001): 18—27.

Merritt, R. "W. B. Yeats: Poet as Healer." *Journal of Theory*, 22.4 (2009): 235—245.

Parkinson, Thomas. *W. B. Yeats: Self Critic and the Later Poetry*. Berkeley: U of California P, 1971.

Park, Sunae. 「Natural Image in Yeats's Early Poetry」. 『The Yeats Journal of Korea』 30 (2008): 29—44.

Parmenter, Chad. "Eliot's Echo Rhetoric." *Yeats Eliot Review*, 24.4 (2007): 2—11.

Pethica, James. ed., *Yeats's Poetry, Drama, and Prose*. New York: W. W. Norton & Company, 2000.

Priestman, Martin. *Romantic Atheism: Poetry and Freethought, 1780~1830*. London: Cambridge University Press, 1999.

Redfield, M. "Simon Jarvis 'Wordsworth's Philosophic Song." 48.3 (2009): 521—526.

Rhee, Youngsuck. 「Expressionism in W. B. Yeats and Jac Yeats」. The Yeats Journal of Korea. 36 (2011): 125—138.

_____. 「W. B. Yeats and Ecology: Ecology, Romantics, and Yeats: A New Approach to Reading Poetry」. The Yeats Journal of Korea. 37 (2012): 169—184.

Ryan, R. *"The Condition of Fire Yeats and Transcendent Reality."* 21.1 (2004): 2—12.

Schmidit, A.V.C. " Texture and Meaning in Shelley, Keats, and Yeats." *Essays in Criticism*. 60.4 (2010): 318—335.

Schneider, Joseph Leondar. *Unity of Culture in Yeats's Drama*. Seoul: Seoul National University Press, 1980.

Seo, Haesook. *Yeats in Pursuit of a Unity of Being.* Seoul: U of Kunkuk P, 1995.

Simpson, Louis. *Three on the Tower: The Lives and Works of Ezra Pound, T. S. Eliot and William Carlos Williams.* New York: William Morrow & Company, Inc., 1975.

The Yeats Journal of Korea. *The Green Rider with Sadness.* Seoul: Brain House, 2004.

Unterecker, John. ed., *Yeats: A Collection of Critical Essays.* New Jersey: Prentice-Hall, Inc., 1963.

Vendler, Helen. "How Yeats Did it: Our Secret Discipline—Yeats and Lyric Form." *The New York Review of Books,* 55. 5 (2008): 37—39.

Williams, John. ed., *Wordsworth: New Casebooks.* London: Macmillan. 1993.

Yeat, W. B. *The Variorum Edition of the Poems of W. B. Yeats.* London: Macmillan Publishing Co., 1940. (Abbrieviated as *VP*)

제6장
W. B. 예이츠와 T. S. 엘리엇 시 속의 풍경[1]

I. 들어가는 말

본 고의 목적은 예이츠(W. B. Yeats)와 엘리엇(T. S. Eliot)의 시에 나타난 풍경을 관찰하여 시에서 어떤 역할을 하는지 분석 및 비교하고자한다. 두 시인의 시에서 풍경의 묘사는 시의 핵심적 요소로 시의 주제가 드러난다. 풍경 묘사의 관찰을 통해서 작품 속의 주인공과 그가 속한 사회상도 읽어 낼 수 있다. 이를테면, 엘리엇의 경우, 드루(Elizabeth Drew)의 말처럼, "도시는 고대인들에게 모성의 상징이었지만 현대의 도시는 불모의 상징"(73)이라는 점도 짐작할 수 있다. 그리고 예이츠의

---

1) 이 논문은 한국예이츠학회의 『한국예이츠저널』 제30권, pp.165~186에 게재되었던 것을 수정 및 보완했음을 밝힌다.

시에 있어서 풍경 묘사는 매우 적절한 언어기법으로 시의 핵심적 이미지가 된다. 이에 필자는 현대 모더니즘의 대표적 시인이라 할 수 있는 예이츠와 엘리엇의 작품을 비교 분석하고자한다.

예이츠의 경우, 도시나 전원에 대한 연구가 많지 않다. 예이츠와 엘리엇의 관계를 연구한 논문에는 박영순의 「에즈라 파운드, T. S. 엘리엇, W. B. 예이츠와 동양」과 이명용의 「Yeats와 Eliot 시에 나타난 죽음에 관한 연구」가 있으며, 해외에서는 본스타인(George Bornstein)이 『예이츠, 엘리엇, 그리고 스티븐스에서의 낭만주의 변형』(Transformations of Romanticism in Yeats, Eliot, and Stevens)에서 3명의 시인들의 기법과 배경에 대해서 논한바 있다.

엘리엇의 경우, 도시의 모습이 시에서 중요한 이미지인데, 그에 반하여 연구는 비교적 많지 않다. 스미스(Gorver Smith)와 가드너(Helen Gardener)의 연구가 그나마 간단히 이에 대해 다루고 있다. 스미스는 풍경과 『네 사중주』(Four Quartets) 사이의 관계를 『T. S. 엘리엇의 시와 극: 출처와 의미에 관한 연구』(T. S. Eliot's Poetry and Plays: A Study in Sources and Meanings)에서 간략하게 다루고, 가드너는 『엘리엇 시의 풍경』(The Landscapes of Eliot's Poetry)에서 풍경에 대해 약간 언급한다(Hargrove 112). 그러나 매티슨(F. O. Matthiessen), 드루 그리고 케너(Hugh Kenner)와 같은 대학자들조차 풍경에 대해 거의 언급하지 않는다.

Ⅱ. 예이츠의 풍경

예이츠는 시에서 자신의 주변에 있는 소재들을 적절히 사용하여 시
적 의미 전달의 효과를 높여 주고 시의 아름다움을 한층 고조시켜주고
있다. 특히 눈에 띠는 것은 예이츠가 시의 주제를 전달하기 위해서 의
존하고 있는 전원 풍경에 대한 이미지이다. 초기 시 「이니스프리의 호
도」("The Lake Isle of Innisfree")는 자연의 풍경 묘사가 매우 사실적으
로 그려져 있다. 이 시에서 예이츠는 자신이 소망하는 세계를 전원 풍
경에 의존하여 매우 간결하게 그려내고 있다.

> 나 일어나 이제 가리, 이니스프리로 가리.
> 거기 윗 가지 엮어 진흙 바른 작은 오두막을 짓고
> 아홉이랑 콩밭과 꿀 벌통하나
> 벌 윙윙 대는 숲 속에 나 혼자 살으리.
>
> 거기서 얼마쯤 평화를 맛 보리, 평화는 천천히 내리는 것
> 아침의 베일로부터 귀뚜라미 우는 곳에 이르기까지
> 한밤엔 온통 반짝이는 빛, 한낮엔 보랏빛 환한 기색
> 저녁엔 홍방울새의 날개 소리 가득한 그곳2)
>
> I will arise and go now, and go to Innisfree,
> And a small cabin build there, of clay and wattles made;
> Nine bean-rows will I have there, a hive for the honey-bee,
> And live alone in the bee-loud glade.

---

2) 이 논문에 인용된 예이츠 시의 우리말 번역은 한국 예이츠학회의 『예이츠 시 번역 총서』에서
인용된다.

And I shall have some peace there, for peace comes dropping slow,
Dropping from the veils of the morning to where the cricket sings;
There midnight's all a glimmer, and noon a purple
And evening full of the linnet's wings. (*CP* 44)

예이츠 자신이 마음 속 깊이 갈망하던 이상향에 대한 동경의 모습을 시골의 전원 풍경에 의존하여 그리고 있다. 엘리엇이 도시의 풍경에 의존하여 현대인의 불모성과 목적의식 상실 그리고 정신적 방황을 나타내고 있다면 예이츠는 시골 전원 풍경에 의존하여 자신이 갈구하는 이상향의 모습을 드러내 주고 있다고 할 수 있다. 시골의 전원 풍경을 나타내는 모습들—오두막집, 콩이랑, 꿀 벌통—의 이미지를 통하여 자연 속에서 살고자 하는 예이츠의 속마음을 보여주고 있다.

예이츠는 낭만주의 시인들이 자연의 이미지를 시에 이용했던 것과 유사하게 예이츠 주변의 가까이에 있는 자연 풍경을 시에 효과적으로 이용하여 시의 함축미와 아름다움을 최대로 살리고 있다. 그 대표적 시가 「쿨 호수의 야생 백조」("The Wild Swans at Coole")이다.

> 수목은 가을의 아름다움을 머금고,
> 숲 속 길들은 메마르고,
> 시월의 황혼 아래 물은
> 고요한 하늘을 비치는데,
> 돌 사이로 넘쳐흐르는 물위에는
> 백조가 쉰 아홉 마리 떠 있다.
>
> The trees are in their autumn beauty,
> The woodland paths are dry,
> Under the October twilight the water

Mirrors a still sky;
Upon the brimming water among the stones
Are nine-and fifty swans. (*CP* 147)

이 시는 회화적인 풍경 묘사와 시각적인 심상이 눈에 띠게 잘 묘사되어 있다. 예이츠는 마치 한 폭의 풍경화를 보고 있는 것처럼 가을 저녁의 모습을 사실적으로 포착하고 있다. 가을 정취의 묘사에 의존하여 예이츠는 노년(aging)의 문제를 나타내고 있다. 10월의 가을 저녁노을 속에 비치고 있는 쿨 호수의 아름다운 풍경을 매우 간단한 시어를 선택하여 명확하게 묘사하고 있는 것이 시의 분위기를 밝게 만들어 주고 있다. 시인이 마음속에 동경하는 세계를 백조라는 자연물을 이용하여 시 속에 이용하고 있는데 이는 예이츠 자신과는 반대되는 모습을 나타내기 위한 방법으로 볼 수 있다. 시들지 않는 영혼에 대한 갈망을 나타내는 백조는 예이츠의 시에서 하나의 "원형"으로 볼 수 있다. 운터렉커(Unterecker)는 이 시의 주제를 "죽을 운명에 대한 고뇌"라고 부른바 있다(Gilbert 46).

쿨 정원의 풍경 묘사는 「쿨 정원과 벨릴리, 1931」("Coole Park And Ballylee, 1931")에서도 예이츠의 화려하고 아름다움 풍경 묘사를 살펴볼 수 있다.

호수가엔 숲이 있고,
겨울 햇살 아래에는 온통 메마른 막대기들뿐,
저편 너도 밤나무 숲 속에 내가 서 있었다,
그때 자연은 비극 배우의 구두를 신고 있었고,
소란한 바람 소리는 내 기분을 비추는 거울이었다.
갑자기 하늘로 오르는 백조의 요란한 소리에

나는 머리를 돌려 나뭇가지가 부러지는 곳에서
그득한 호수물이 번질번질 빛나는 유역을 보았다.

Upon the border of that lake's a wood
Now all dry sticks under a wintry sun,
And in a copse of beeches there I stood,
For Nature's pulled her tragic buskin on
And all the rant's a mirror of my mood:
At sudden thunder of the mounting swan
I turned about and looked where branches break
The glittering reaches of the flooded lake. (*CP* 275)

이 시는 예이츠의 저택이 있는 벨릴리(Ballylee)탑 주변과 쿨 정원에
있는 호수의 자연물을 바라보면서 시인이 느낀 바를 옮겨 놓은 것이다
(이창배 244). 특히 예이츠의 시에서 자주 이용되는 백조를 삭막한 겨
울 풍경과 대조적으로 사용하고 있다. 삭막한 겨울과 음산한 시인 자
신의 정신적 상황을 대변해 주는 역할을 하고 있다.

정경 묘사에 의하여 시인 자신의 심정과 시의 주제를 더욱 뚜렷하게
나타내고 있는 부분 중 제외시킬 수 없는 작품이 「비잔티움으로의 항
해」("Sailing to Byzantium")이다. 이 시는 아마도 예이츠의 가장 중요
한 시집 중에 하나라고 할 수 있는 『탑』(*The Tower*)에 수록되어 있는 시
들 중에 하나로서 1928년에 출판되었다. 예이츠는 이 시에서 엘리엇
과 마찬가지로 방황하는 현대인의 모습을 자연물을 매개체로 이용하
여 효과를 높여주고 있다.

저것은 늙은이들의 나라가 아니다. 서로서로

팔짱을 낀 젊은이들, 나무 속의 새들
─저 죽어가는 세대들─은 저희들의 노래를 하고,
연어의 폭포, 고등어 득실거리는 바다,
물고기나 짐승이나 새들은 긴 여름 내내 찬미한다,
무엇이고 잉태되고 태어나서 죽는 것을.
모두가 저 관능적인 음악에 빠져서
늙지 않는 지성의 기념비를 경시한다.

That is no country for old man. The young
In one another's arms, birds in the trees
─Those dying generations─at their song,
The salmon-falls, the mackerel-crowded seas,
Fish, flesh, or fowl, comment all summer long
Whatever is begotten, born, and dies.
Caught in that sensual music all neglect
Monuments of unageing intellect. (*CP* 217)

위에서 보는바와 같이 일상적인 주변의 생물들을 이용하여 예이츠
는 주제를 조명한다. '새들이 나무에서 노래'하거나 '연어 오르는 폭
포', '고등어 우글거리는 바다' 등을 이용하여 외견상 활력이 넘치는 모
습으로 그려지고 있지만 예이츠가 암시하고 있는 바는 흔히 생각할 수
있는 주제를 뛰어 넘는다. 즉 이들은 활력 있는 삶의 모습을 나타낸다
기보다는 오히려 죽어가지만 죽음을 깨닫지 못하는 인간들에 대한 경
고의 표시이다. 죽어가고 있는 상황을 모르는 무지한 상태를 '기념비'
를 무시하고 있다고 지적하고 있다. 엘리엇 식으로 말하면 '팔짱을 낀
젊은이들', '연어 오르는 폭포', 그리고 '고등어 우글거리는 바다' 등은
모두 현대인들에 대한 방황의 모습을 나타내는 객관적 상관물화의 실

재 기법이라고도 볼 수 있다.

  예이츠는 인간의 영혼에 관심을 가지고 있었으며, 육체적인 삶의 방식에서 벗어나 영적 삶에 대한 추구를 나타내고자 이 시를 썼다는 사실을 그의 말을 통해서 알 수 있다. 그는 비잔티움(Byzantium)이라는 고대의 도시를 인용하여 독자에게 자신의 감정을 여과 없이 노출시키는 것을 삼가고 있다. 비잔티움은 동로마제국의 옛 도시로서 지금의 터키의 이스탄불(Istanbul)에 해당하는 지역으로 예이츠는 이곳을 동경의 대상으로 흠모하고 있다. 바로 그 비잔티움에 대해서 예이츠는 다음과 같이 말한다.

> 만일 내가 고대에 한 달 동안 내가 좋은 곳에서 살도록 허락된다면 나는 저스티니언 황제가 성 소피아 사원을 개설하고 플라톤의 아카데미를 폐쇄하기 직전의 비잔티움에 살았으면 싶다. 나는 어떤 작은 술집에서 플로티누스보다는 자신에게 초자연적인 모습으로 가까이 내려오면서 내 모든 질문에 대답할 수 있는 모자이크 속의 한 철학자를 찾을 수 있다고 생각한다. 왜냐하면 그의 섬세한 기술에 대한 자부심이 왕자와 성직자, 대중 속의 흉악한 광인에게 권력의 도구였던 것을 만들어 줄 수 있으며, 마치 완벽한 인간의 신체와 같이 사랑스럽고 유연한 존재로 보여줄 수 있기 때문이다. 나는 비잔티움에서, 역사상 전무후무하게 종교, 미학, 철학적 삶이 하나로 통일되어 있었으며, 건축가와 기술자들이. . .대중에게 말했고 그리고 똑같은 것은 거의 없었다고 생각한다. . .

> I think if I could be given a month of Antiquity and leave to spend it where I chose, I would spend it in Byzantium a little before Justinian opened St. Sophia and closed the Academy of Plato. I

think I could find in some little wine-shop some philosophical worker in mosaic who could answer all my questions, the super-natural descending nearer to him than to Plotinus even, for the pride of his delicate skill would make what was an instrument of power to princes and clerics, a murderous madness in the mob, show as a lovely flexible presence like that of a perfect human body. I think that in Byzantium, maybe never before or since in recorded history, religious, aesthetic and practical life were one, that architect and artificers. . .spoke to the multitude and the few alike. . . (*A Vision* 279)

예이츠에게 있어서의 비잔티움을 블렉머(R. P. Blackmur)는 다음과 같이 설명한다.

[비잔티움은] . . .인간의 심령의 천국이다. 거기에는 심령 또는 영혼이 영원하거나 기적적인 형태로 거주하고 있다. 모든 것들이 영혼에게 알려져 있기 때문에 그것들은 가능하다. . . [그것은] 구시대와 통찰력의 순환상태를 나타낸다.

[Byzantium] . . .the heaven of the man's mind; there the mind or soul dwells in eternal or miraculous forms; there all things are possible because all things are known to the soul. . . [it] represents both a dated epoch and a recurrent state of insight. (Gilbert 64)

이와 유사하게 헨(T. R. Henn)은 "예이츠는 아일랜드와 비잔티움이 서로 조응관계로 보고 있으며 비잔티움은 영주로부터 독립한 새로운 아일랜드를 상징하며 그래서 아일랜드 자체의 철학적, 종교적, 예술적인 운명을 발전시킬 수 있다"(Gilbert 64)고 보고 있다. 비잔티움에 대한 찬사와 더불어 예이츠의 고향인 아일랜드를 함께 일치시켜 보고 있다.

「비잔티움으로의 항해」에서 화자의 정신활동이 매우 독특한 위치에 있다. 여기서 화자는 역사적으로는 이상적인 도시에 서 있는 것이고, 미학적으로는 예술작품 사이에 서 있으며, 종말론적으로는 영원(eternity)에 서 있으며, 심리적으로는 인식하는 마음에 서 있다(Bornstein 82). 이와 같이 다층적이며 다면적인 위치에서 보고 느낄 수 있기에 시인의 내적 마음이나 시의 포괄적인 의미가 더욱 확대된다고 볼 수 있다. 또한 비잔티움은 콜리지(S. T. Coleridge)의 "제너듀"(Xanadu)와 블레이크(William Blake)의 "골고누자"(Golgonooza) 그리고 셸리(P. B. Shelley)의 "아테네"(Athens)의 빛을 반사하고 있다(Bornstein 83).

이제 시적 화자는 마침내 성자들의 모습에 마주치게 된다.

> 오, 황금 모자이크 벽에서와 같이
> 신의 성화 속에 서 계신 성현들이시여,
> 그 성화에서 나와 빙빙 선회하며 내려오사,
> 내 영혼의 노래 스승이 되어 주소서.
> 내 심장을 소멸시켜 주소서, 욕망에 병들고
> 죽어가는 동물에 얽매여서
> 내 심장은 제 처지도 모르오니, 그리하여
> 나를 영원한 세공품으로 만들어 주소서.

> O sages standing in God's holy fire
> As in the gold mosaic of a wall,
> Come from the holy fire, perne in a gyre,

And be the singing-masters of my soul.

Consume my heart away; sick with desire

And fastened to a dying animal

It knows not what it is; and gather me

Into the artifice of eternity. (*CP* 217—218)

심장을 소멸시키라고 하는 것은 단순히 육체적인 죽음만을 의미하는 것이 아니다. 육체의 중심을 나타내는 심장을 정화시켜 성자(sages)의 반열에 자신을 두고자 하는 소망을 예이츠가 표현하고 있다. 예이츠는 위에서 보는바와 같이 자신의 심적 상태를 나타내기 위하여 페르소나(persona)를 사용하고 있다. 그러나 엘리엇이 사용하고 있는 페르소나와는 다소 차이가 있다. 엘리엇은 「게론티온」("Gerontion")이나 「프로프록의 연가」("The Love Song of J. A. Alfred Prufrock")에 페르소나를 사용하고 있는데 이는 주로 인간의 무능(incomptence)을 경멸하기 위한 수단으로 사용한다. 그러나 예이츠는 예이츠 자신의 노력에 의해서 만들어낸 기법이라 할 수 있다. 즉 예이츠의 페르소나는 자신과 분리된 것이라 할 수 있다(Parkinson 55). 환언하면 엘리엇이 자신의 "분신"(alter-ego)으로 페르소나를 이용하고 있다면, 예이츠와 페르소나와의 관계는 별개의 것이라고 볼 수 있다.

「비잔티움으로의 항해」에서 영적세계에 살고 있는 성자들은 더 이상 죽음의 동물성에 얽매여 있지 않다. 이것은 성자들이 신(God)의 성화 속에서 마치 "벽의 금장식 모자이크" 속에 있는 것과 같은 상태를 상징하고 있으며 초자연적인 웅장함 속에서 정화된다. 이와 같이 예이츠는 「비잔티움으로의 항해」에서 일시적인 세계 즉, 관능적인 음악의 세계를 비잔티움이라는 성스런 도시, 즉 영적인 세계와 대조시키고 있다. 엘리엇의 시가 상상력을 우위로 두기보다는 이성이나 지성에 중심을 두고 있는 반면에 예이츠의 시는 우아함과 상상력이 뛰어나고 시적인 감성이 훨씬 감동적으로 느껴질 만큼 진지한 휴먼 드라마에 가깝다(양병현 78)는 분석이 적절하다고 볼 수 있다.

III. T. S. Eliot의 풍경

예이츠가 자신의 시에서 이상주의적 세계를 추구한 데 반하여, 엘리엇은 자신의 시에서 인생을 공허하며, 무의미한 경험과 사소한 것들의 연속이며 지루한 악몽으로 그리고 있다. 그는 초기 시는 물론 중기 시에 있어서도 이런 생각을 가지고 있는 것처럼 보인다. 다만 중기에 오면서 작품 속의 장면이 초기 시보다는 넓은 장소로 바뀌고 있다. 보들레르(Charles Baudelaire)의 파리(Paris)가 하나의 지옥처럼 묘사되고 있듯이, 엘리엇의 런던(London), 보스톤(Boston), 파리, 세인트 루이스(St. Louis) 등의 묘사는 이곳에 거주하는 현대인의 불모성을 나타내고 있다.

엘리엇이 현대인의 삶에 대한 묘사를 어떻게 하는지를 볼 수 있는 도시의 장면이 있다. 그는 인생의 공허함과 무의미함을 강조하기 위해 외부정경에 대한 묘사를 「서곡」("Preludes")에서 다음과 같이 그리고 있다.

복도에 비이프 스텍 냄새 풍기며

겨울의 황혼이 깃든다.
여섯 시.
연기 낀 나날의 타버린 토막들.
이제 바람 세찬 소나기가
발치의 낙엽이나
공지의 신문지 같은
너절한 쓰레기들을 휩싼다.
소나기는 사납게
부서진 덧문과 굴뚝 삿갓을 치고,
거리 한 모퉁이에서
한 마리 외로운 마차 말이 입김을 뿜어내며 발을 구른다.[3]

그리곤 가로등들이 여기저기 켜진다.

The winter evening settles down
With smell of steaks in passageways.
Six o'clock.
The burnt-out ends of smoky days.
And now a gusty shower wraps
The grimy scraps
Of withered leaves above your feet
And newspapers from vacant lots;
The showers beat
On broken blinds and chimney-pots,
And at the center of the street
A lonely cab-horse steams and stamps.

---

3) 엘리엇 시의 우리말 번역은 이창배의 『T. S. 엘리엇 전집』(동국대학교 출판부, 2001)에 따른다.

And the lighting of the lamps. (*CPP* 22)

엘리엇은 직접적으로 상황을 설명하기보다는 간접적으로 도시에서 보이는 여러 가지 모습들을 제시하여 독자에게 자신의 의미를 전달하고 있다. 이 시에서 그리고 있는 도시의 묘사는 낭만주의적 기법과는 다르다. 엘리엇은 어휘의 선택에 있어서도 이미지스트들의 강령, 즉 "표현에 불필요한 것을 피하기"에 충실하며, 낭만주의 시인들이 즉흥적인 감정을 표출하는 어휘의 사용을 자제한다. 대신, 그는 일상적으로 볼 수 있는 시각적 이미지들을 묘사하여 독자가 새로운 정서를 느끼도록 만들고 있다. 이 시에서도 엘리엇은 하루가 저물어가는 도시 슬럼가의 모습을 "연기 낀 날들의 타버린 토막들"로 표현하고 있다. 이 도시의 표현을 드루는 보다 포괄적으로 해석한다. 이 도시의 황혼은 단순히 "도시의 황혼이 아니라 한 시대의 여명기(twilight)"(33)로 읽어도 무리가 없어 보인다.

이 작품 「서곡」은 제 I 부 저녁에서 시작하여 제IV부에 다시 저녁으로 돌아오는 '순환구조'를 가지고 있다. 이것은 현대인의 삶의 무의미함과 지루함을 강조하기 위해 설정한 것이다(Hargrove 38). 제IV부에서 인간의 영혼이 고통 받는 모습을 "하늘을 가로질러 팽팽하게 뻗쳐 있듯이"(stretched tight across the skies)라 표현하여, 저녁노을의 장면과 중첩시키고 있으며, "네 시, 다섯 시, 여섯 시에 짓궂은 발"(insistent feet/At four and five and six O'clock)이라는 상징적 표현으로 일상적인 단조로움 속에서 헤어 나오지 못하는 현대인의 모습도 보여주고 있다. 보스톤에서 쓰여진 「서곡」은 현대인의 모습을 여러 편의 풍경화를 이어놓은 구조로 되어 있어 몇몇 비평가들은 현대 미술기법으로 이 작품을 분석하기도 한다.

엘리엇의 풍경 묘사는 고급스러운 풍경 묘사―그 예로 「체스놀이」 ("A Game of Chess")―도 있지만 슬럼가의 풍경을 선택하기도 한다. 다시 말해서, 고급스러운 것과 저급한 것의 병치, 비시적인 것과 시적인 것의 결합, 조화로운 것과 이질적인 요소들의 결합 등의 기법으로 도시의 분위기를 자아낸다. 그의 「바람 부는 밤의 광상시」("Rhapsody on a Windy Night")의 길거리 묘사를 보자.

한 시 반,
가로등은 말을 쏘아댔고
가로등은 중얼댔고
가로등은 말했다. "저 여자를 보라
힐쭉 웃는 듯이 열린 문간의
불빛 아래에서 그대에 대하여 망설인다.
그녀의 드레스의 가장자리가 찢어져
모래로 더럽혀진 것을 볼 수 있다.
그리고 그녀의 눈가가
구부러진 핀처럼 비틀린 것을 볼 수 있다."

Half-past one,
The street-lamp sputtered,
The street-lamp muttered,
The street-lamp said, "Regard that woman
Who hesitates toward you in the light of the door
Which opens on her like a grin.
You see the border of her dress
Is torn and stained with sand,
And you see the corner of her eye
Twists like a crooked pin." (*CPP* 24)

여기서 주인공의 여정은 한 밤중에 시작된다. 시의 배경으로서 지루한 가로등의 행렬이 이어지는 모습을 그리고 있는데 이것은 현대 도시인의 개성 및 자아의식의 부재 등을 암시하고 있다(Hargrove 40). 스미스(Smith)는 여기에서 일어나는 이미지를 "불연속적 정신적 이미지를 불합리하거나 거의 초현실적인 콜라주 속에 용해시킨다"(24)고 지적한다.

도시의 배경이 시의 주제를 드러내듯 실내의 장식이 또한 시의 주제를 암시하기도 한다. 「여인의 초상」("Portrait of a Lady")에 이런 예가 보인다. 이 시는 한 청년과 어느 여인과의 불모적인 관계를 나타내고 있는데 이 시의 시작 부분을 보면 시 전체의 분위기를 가늠할 수 있다.

> 어느 12월 오후 연기와 안개에 싸여 말하는 듯
> "오늘 오후는 당신을 위하여 바치기로 했어요"라고
> 장면은 스스로 차려진 판―그리될 듯도 하여
> 컴컴한 방안에 네 개의 촛불
> 그 네 개의 광륜이 천정에 어리고,
> 말할 것이나 안 할 것이나 그 일체를 위하여 준비된
> 줄리엣의 무덤의 분위기.

> Among the smoke and fog of December afternoon
> You have the scene arrange itself―as it will seem to do―
> With 'I have saved this afternoon dor you';
> And four wax candles in the darkened room,
> Four rings of light upon the ceiling overhead,
> An atmosphere of Juliet's tomb.
> Prepared for all the things to be said, or left unsaid. (*CPP* 18)

계절적 배경을 일 년의 마지막 시기인 12월로 설정하고, 시간적 배경을 하루가 저물어가는 늦은 오후로 설정해 마치 죽은 자들의 '지하 납골당'과 비슷한 어두운 방의 의미를 증가시켜 주고 있다(Hargrove 45). 엘리엇은 표현하기 힘든 정서를 표현하기 위한 구체적 등가물로서 "줄리엣의 무덤의 분위기"로 표현하여 청년과의 관계가 불길한 결과를 가져 올 것임을 작품의 전반부에서 미리 암시하고 있다. 작품의 서술자는 한 청년이지만 이 작품에는 여인의 이야기만 묘사되어 있으며, 청년의 독백(soliloquy)에 반응을 보이는 라포르그(Laforgue)의 기법을 사용하고 있다.

이와 같이 엘리엇은 풍경 묘사를 통하여 작품의 효과를 높여 주고 있는데, 이것은 단순히 풍경을 그리는 것에 그치지 않고 새로운 것을 나타내기 위한 엘리엇적 기법이라 할 수 있다. 그는 이것을 작품 속의 주인공의 심리상태를 묘사하는 방법으로도 사용하고 있다. 가장 대표적인 것이 「프로프록의 연가」이다.

> 그러면 우리 갑시다. 그대와 나,
> 지금 저녁은 마치 수술대 위에 에테르로 마취된 환자처럼
> 하늘을 배경으로 펼쳐져 있습니다.
> 음흉한 의도의
> 지루한 논의처럼 이어진 거리들은
> 그대를 압도적인 문제로 끌어가리다. . .
> 아, "무엇이냐"고 묻지는 말고
> 우리 가서 방문합시다.

> Let us go then, you and I.
> When the evening is spread out against the sky

Like a patient etherised upon a table.
Streets that follow like a tedious argument
Of insidious intent
To lead you to an overwhelming question. . .
Oh, do not ask, "What is it?"
Let us go and make our visit. (*CPP* 13)

엘리엇은 주인공 프로프록 자신의 존재가 생중사(death-in-life)에서 헤어 나오지 못하고 있는 상태를 저녁 도시풍경의 대기 속에 내 던지고 있다. 이는 형이상학파 시인들(Metaphysical Poets)이 사용하는 형이상학적 기상의 기법이라 할 수 있다. 시의 의미를 시인 자신의 감정을 드러내지 않고 다른 매체로 전달하고 있다. 주인공 프로프록의 의식 상태를 '수술대 위에 마취된 환자'에 비유하고 있다. 이 시는 의식적 자아와 무의식적 자아 사이의 대화로 시작되고 있는데, 하늘을 배경으로 하여 프로프록의 눈은 자신의 목적지로 향하게 된다. 그러나 그의 앞에는 다음과 같은 세계가 펼쳐진다.

우리 갑시다, 거의 인적이 끊어진 거리와 거리를 통하여
값싼 일박 여관에서 편안치 못한 밤이면 밤마다
중얼거리는 말소리 새어 나오는 골목으로 해서
굴 껍질과 톱밥이 흩어진 음식점들 사이로 빠져서 우리 갑시다.

Let us go, through half-deserted streets,
The muttering retreats
Of restless nights in one-night cheap hotels
And sawdust restaurants with oyster-shells. (*CPP* 13)

슬럼가 생활의 공허함을 이러한 황량한 뒷골목의 모습을 통하여 보여주고 있다. 값싼 일박 여관이나 저급 음식점은 대도시 사람의 덧없는 인생의 단순한 잔재물로써 뿐 아니라 드루가 말하고 있는바와 같이 "인간의 영혼에 안식처가 사라진 상태"(98)를 의미한다. 프로프록의 마음이 구부러진 도로와 병행되어 미궁과 같이 늘어져 있는 추한 거리로 그려지고 있다. 이런 묘사는 프로프록 자신의 영혼이 메말라 있다는 것을 알게 해 준다. 엘리엇은 보들레르의 영향으로 일상생활 속에서 볼 수 있는 사물의 이미져리를 선택하고 있다. 이 작품은 주인공 프로프록의 '의식의 흐름'에 따라 전개되고 있어 일련의 슬라이드(Slide)와 유사하며 그 각각이 주인공 자신이 소유하고 있는 영혼의 단면을 상징화해 주는 풍경으로 나타나고 있다. 이것에 관하여 웅거(Leonard Unger)는 다음과 같이 표현하고 있다.

> 옥내이든 옥외이든, 시 속에 나타나는 모든 정경은 결국 프로프록 자신의 심리적인 풍경이다. 길거리, 방들, 사람들 그리고 시 속에 나타나는 모든 환상들은 모두 프로프록의 의식 속에 있으며, 그래서 이들은 프로프록의 의식이면서 인간 그 자체이다.

> All the scenery of the poem, indoor or outdoor, is finally the psychological landscape of Prufrock himself. The streets, rooms, people, and fancies of the poem all register on Prufrock's consciousness, and thus they are his consciousness, the man himself. (20)

위에서 몇 편의 시들을 통해서 보았듯이 엘리엇은 외관상 연관성이 없는 것처럼 보이는 도시의 장면들을 시 속에 끌어들여, 사실은 시의 주제를 상징적이고, 암시적으로 드러내 보인다. 그는 낭만주의 시인들의 직접적 감정의 표현을 지양하고, 간접적 객관적 상관물로서의 도시의 장면 등으로 대체하여 시의 효과를 극대화시키고 있다. 이는 엘리엇의 창조적 상상력의 발현으로 그가 20세기 대표적 시인으로 자리매김하는 데 기여한 시적 기법의 혁신이었다.

또한 『황무지』(*The Waste Land*)에 등장하는 장소는 초기의 다른 시와는 달리 배경이 정확하다. 이 시에는 런던과 런던 주위의 지역들이 배경이다. 배경인 런던의 금융가는 잿빛(grey) 거리와 회색 석조 건물들로 이루어져 있어 녹색과 같은 자연스런 색은 찾아볼 수 없다. 이곳은 사람들로 가득 차 있고, 자동차 매연이 뿜어져 나와 마치 질식할 것 같은 상태이다.

> 공허의 도시,
> 겨울날 새벽 갈색 안개 속으로
> 군중이 런던교 위로 흘러간다. 저렇게 많이
> 나는 죽음이 저렇게 많은 사람을 멸망시켰다고는 생각지 못했다.
> 때로는 짤막한 한숨이 터져 나오고,
> 각자 자기 발 머리에 눈을 쏘는 것이었다.

> Unreal City
> Under the brown fog of a winter dawn,
> A crowd flowed over London Bridge, so many,
> I had not thought death had undone so many.
> Sighs, short and infrequent, were exhaled,
> And each man fixed his eyes before his feet. (*CPP* 62)

데이(Rober Day)가 이 모습을 런던 시각으로 겨울 오전 9시 실제의 모습이라고 말했던 것처럼(287) 현재 런던 시가의 모습을 시에 그대로 적용하여 보여주고 있다. 시각적으로 생생하게 그려 현실 인식의 차원을 높일 뿐 아니라, 독자가 그만큼 더 쉽게 시를 이해할 수 있게 해 준다. 갈색안개는 도시 노동자들의 삶의 단조로움과 황량함 그리고 고독함 등을 상징한다(Hargrove 재인용 66). 이 작품을 프랑스어로 번역한 헤이워드(John Hayward)는 그의 주(notes)에서 다음과 같이 말한다.

군중은 템즈강의 남쪽 교외에서 시내로 출근하는 사람들의 아침 군중들이다. 사업가, 사무원, 타이피스트, 등... 혼잡한 출근 시간 아침의 전형적인 런던의 장면이다.

The crowd is the morning crowd of commuters coming into the City from the suburbs on the south side of the Thames, businessmen, clerks, typists, etc. . . A typical London scene during the morning 'crush hours.' (Hargrove 재인용 67)

엘리엇은 또 2개의 런던 경계 표시를 이용해서 더욱더 심도 있게 현대인의 무감각한 상태를 묘사하고 있다.

군중이 런던교 위로 흘러간다. 저렇게 많이
나는 죽음이 저렇게 많은 사람을 죽게 했다고는 생각지 못했다.
때로는 짤막한 한숨이 터져 나오고,
각자 자기 발 앞에 시선을 집중하고 간다.
언덕을 오르고, 킹 윌리엄가로 내려서 성 메어리울노스 사원이
아홉시 최후의 일격의 꺼져가는 종소리로서
예배 시간을 알리는 그곳으로 군중은 흘러갔다.

A crowd flowed over London Bridge so many
I had not thought death had undone so many.
Sighs, short and infrequent, were exhaled,
And each man fixed his eyes before his feet.
Flowed up the hill and down King William Street,
To where Saint Mary Woolnoth kept the hours
With a dead sound on the final stroke of nine. (*CPP* 62)

　킹 윌리엄 가(街)는 시내 중심부로 통하는 인상적인 길이다. 그리고 성 메어리울노스(St. Mary Woolnoth) 교회는 윌리엄 가의 모퉁이에 있고, 롬바드 거리(Lombard Street)는 엘리엇이 1917년부터 1925년까지 일했던 로이즈 은행(Lloyds Bank) 건너편에 위치해 있다. 이곳들은 현재 지도상에서 보면 중심가에 모여 있는 것으로 나타난다. 엘리엇은 이곳들을 현대인의 부패된 상업문명의 상징으로 사용하고 있다. 시에서 9시 종이 무겁게 울리는 순간은 현대인들이 사무실에 들어가는 순간이다. 매일 반복되는 종소리와 매일 같은 장소에서 같은 일이 반복되는 것을 심층이미지로 표현하고 있다. 이것은 현대 도시의 절망감과 허무감을 나타낸다. 도시의 묘사로 거리를 배경으로 이용하기도 하고 강을 배경으로 설정하기도 한다.

　　강을 덮던 텐트는 찢어졌다. 마지막 잎의 손가락들이
　　습한 강둑에 달라붙어 파고든다. 바람은
　　갈색 대지 위를 지나가는데, 걸리는 것 하나 없다. 선녀들은 사
　　　라져 버렸다.
　　아름다운 템즈여, 부드럽게 흘러라, 내 노래 그칠 때까지.
　　물 위엔 빈 병도, 샌드위치 포장지도 떠 있지 않다.
　　비단 손수건도, 마분지 상자갑도, 담배꽁초도,

또는 기타 여름밤을 상기시키는 아무런 표지도 없다.

The river's tent is broken; the last fingers of leaf
Clutch and sink into the wet bank. The wind
Crosses the brown land, unheard. The nymphs are departed.
Sweet Thames, run softly, till I end my song.
The river bears no empty bottles, sandwich papers,
Silk handkerchiefs, cardboard boxes, cigarette ends
Or other testimony of summer nights. (*CPP* 67)

초겨울 런던의 템즈(Thames) 강변의 모습이다. 황량하지만 매우 실제적인 장면으로 그려지고 있다. 런던의 아침 안개에 쌓인 템즈 강이 회색으로 변해 텅 비어 있는 장면이다. 강을 따라 잎이 모두 떨어져 버린 나무들이 강둑에 서 있다. 이것은 요정이 떠난 도시의 불모성을 상징한다. 갈색 땅을 가로 지르는 바람조차 침묵한다. 그리고 자신의 노래를 끝낼 때까지 만이라도 부드럽게 흘러라고 호소한다. 엘리엇은 자신의 심경을 보이고 있다. 지난 여름 녹색의 잎이 무성하여 아름답던 템즈강이 지금 빈병, 샌드위치 포장지, 비단 손수건 등으로 오염되어 있다. 현재의 템즈강은 현대 문명의 총체적인 파멸의 상태를 상징하고 있다.

『황무지』 제III부("The Fire Sermon")는 강과 바다를 배경으로 설정하고 있지만 제IV부("Death by Water")는 깊은 대양을 배경으로 하고 있다. 이 배경은 더욱더 공포를 느끼게 한다.

페니키아 사람 플레바스는 죽은 지 2주일
갈매기 울음도 깊은 바다의 물결도

이득도 손실도 모두 잊었다.
바다 밑의 조류가
소곤대며 그의 뼈를 줍는다.

Phlebas the Phoenician, a fortnight dead,
Forgot the cry of gulls, and the deep sea swell
And the profit and loss.
A current under sea
Picked his bones in whispers. (*CPP* 71)

비평가들은 이 장면이 굴복(surrender)을 상징한다거나, "형언할 수 없는 평화", "정화(purification)의 과정", "이교도의 구원"(pagan salvation), 심지어 "세례"(baptism)라고 해석한다(Hargrove 81). 제목인 「수사」는 시 구절과 연결되어 있다. 물에 빠져 죽은 시체에 대한 언급으로 불길한 예감을 갖게 하며 바다의 갈매기가 남아 있는 시체의 일부를 쪼아 먹는 모습을 떠올리게 한다. 시체는 아무런 움직임이 없고 바닷물에 의해서 이리저리 떠다니게 된다. 엘리엇은 현재 황무지에 거주하고 있는 인간들에 대한 경고로 플레바스를 등장시키고 있는 것을 알 수 있다. 플레바스도 현재의 인간들처럼 한때는 살아 있었지만 그는 지금 익사된 채 분해되어 떠다니는 시체에 불과하다. 이 배경 묘사는 현대인들을 향한 경고의 메시지로 해석될 수 있다. 이러한 경고는 『황무지』의 마지막 제Ⅴ부("What the Thunder said")에서도 계속된다.

산간의 이 황폐한 골짜기
희미한 달빛에 싸여 예배당 주변의
나자빠진 무덤 위에서 풀이 노래하고 있다.

텅 빈 예배당 다만 바람의 집이 있을 뿐.
창도 없고 문은 흔들린다.
마른 뼈들은 아무에게도 해를 주지 않는다.

In this decayed hole among the mountains
In the faint moonlight, the grass is singing
Over the tumbled graves, about the chapel
There is the empty chapel, only the wind's home.
It has no windows, and the door swings,
Dry bones can harm no one. (*CPP* 73-74)

　"황폐한 골짜기"라는 표현은 엘리엇이 『황무지』의 서문으로 「게론
티온」("Gerontion")을 사용하려고 했었던 것에 비추어 볼 때 게론티온
이 살고 있는 "황폐한 집"(decayed house)과 연결된다.[4] 공포극의 한 장
면이 연상되는 것 같다. 엘리엇은 예배당을 성스런 곳의 정점을 암시
하기보다는 예배당을 버린 현대인의 모습을 암시하는 표현으로 쓴다.
폐허가 된 예배당의 모습을 매우 사실적으로 묘사하고 있다.
　『황무지』의 배경으로 묘사되는 곳이 위에서 논의된 곳 외에도 그리
니치(Greenwich), 아일 오브 도그스(the Isle of Dogs), 하이베리(Highbury),
리치몬드(Richmond), 무어게이트(Moorgate)(Hargrove 207) 등이 있다.
이곳들은 모두 활력이 넘치는 번화가로서의 도시의 모습이 아니라 현
대인들의 퇴폐성과 불모성에 대한 경고의 메시지를 담기 위한 장소들
로 묘사되고 있다.
　엘리엇은 그의 시에서 도시 등의 배경의 묘사를 통해서 인간의 불모

---

4) 엘리엇은 게론티온이 현재 거주하고 있는 집을 다음과 같이 묘사한다. My house is a decayed
　house,/And the Jew squats on the window sill, the owner,/Spawned in some estaminet of Antwerp,/Blistered
　in Brussels, patched and peeled in London. (*CPP* 37)

성을 그리고 있다. 엘리엇의 도시는 웅장함, 화려함, 편리함의 대명사가 아니라 오히려 이 속에 거주하는 인간들의 허무함과 정신적인 불모성을 나타내는 하나의 중요한 도구로 작용하고 있다는 것을 알 수 있다. 셋집, 추하고 꼬부라진 길, 빈터, 어두운 불빛의 계단, 무질서하고 소란스러운 술집, 지하철 역, 도시교회, 금융가 등의 묘사를 통해서 현대인의 불모성과 타락상을 투영한다(Hargrove 88).

IV. 나오는 말

20세기 현대시인 예이츠와 엘리엇의 시 속에 그려진 풍경 묘사를 살펴보았다. 예이츠는 자신의 상상력과 독창력을 발휘하여 자연의 모습을 통해서 시적인 아름다움을 최대한 살리고 있다. 이를테면, 그는 시의 주제를 조명해 주기 위해 "이니스프리", "쿨 호수", "밸릴리", "비잔티움" 등의 지명을 시의 중심적 이미지로 사용한다. 이곳들은 모두 예이츠 주변에 인접해 있거나 실제로 예이츠가 살거나 방문한 적이 있었던 지역이다. 또한 예이츠에게는 선망의 대상이 되는 지역이기도하다. "이니스프리"는 예이츠의 이상향을 나타내기 위해 사용한 호수의 이름이며, "쿨 호수"와 "밸릴리"는 노년의 문제에 대한 주제를 암시하기 위해서 선택한 곳이며, "비잔티움"은 인간의 영혼에 대한 탐색을 위한 배경으로 택하고 있다. 예이츠의 시적인 아름다움이 이들을 배경으로 나타난다.

반면에 엘리엇은 "런던", "보스톤", "파리", "세인트 루이스" 등의 지역들을 시의 배경으로 설정하여 이곳에 거주하는 인간들의 실제 모습을 그려주고 있다. 이곳에 거주하는 인간들은 목적의식 없이 정신적 공허감 속에서 살아가며 신앙도 없이 방황하고 있는 모습으로 그려지고 있다. 엘리엇은 현대의 대도시를 시의 배경으로 사용하여 인간들 전체의 모습을 상징하는 의미로 확장하고 있다.

참고문헌

박영순. 「에즈라 파운드, T. S. 엘리엇, W. B. 예이츠와 동양」. 『동서 비교 문학 저널』 13 (2005): 99-140.

양병헌. 「Yeats와 Eliot의 문학적 상상과 종교적 상징」. 『한국예이츠저널』 13 (2000): 75-99.

이명용. 「Yeats와 Eliot 시에 나타난 죽음에 관한 연구」. 『한국예이츠저널』 10 (1999): 225-244.

이창배. 『예이츠 시의 이해』. 서울: 문학과 지성사, 1987.

_____. 『T. S. 엘리엇전집』. 서울: 동국대학교출판부, 2001.

Bornstein, George. *Transformations of Romanticism in Yeats, Eliot, and Stevens.* Chicago: Chicago UP, 1976.

Cowell, Raymond. *Critics on Yeats: Readings in Literary Criticism.* London: George Allen & Unwin, 1971.

Day, Robert A. "The 'City Man' in *The Waste Land.* The Geography of Reminiscence." *PMLA* 80, 1965.

Drew, Elizabeth. *T. S. Eliot: The Design of His Poetry.* New York: Charles Scribner's Sons, 1949.

Eliot, T. S. *The Complete Poems and Plays of T. S. Eliot.* London: Faber & Faber, 1969. [*CPP*로 약칭]

Gilbert, Sandra. *The Poetry of William Butler Yeats.* New York: Monarch Press, 1965.

Hargrove, Nancy Duvall. *Landscape as Symbol in the Poetry of T. S. Eliot.* Jackson: Mississippi UP, 1978.

Parkinson, Thomas. *W. B. Yeats Self-Critic and the Later Poetry(Two Volumes in*

One). Berkely and Los Angeles: California UP, 1971.

Smith, Grover. *T. S. Eliot's Poetry and Plays: A Study in Sources and Meaning.* Chicago: Chicago UP, 1956.

Unger, Leonard. *T. S. Eliot: Moments and Patterns.* Minneapolis: U of Minnesota P, 1956.

Unterecker, John. *Yeats: A Collection of Critical Essays.* Englewood Cliffs: Prentice-Hall, 1963.

Yeats, W. B. *The Collected Poems of W. B. Yeats.* London: Macmillan, 1961.

_____. *A Vision.* New York: Collier Books. A Division of Macmillan Publishing Co., Inc., 1937.

제7장
엘리엇이 이해한 예이츠, 그리고 예이츠의 마스크론[1]

I. 들어가는 말

엘리엇(T. S. Eliot)은 파운드(Ezra Pound)와의 관계만큼이나 예이츠
(W. B. Yeats)와의 관계도 밀접하다고 볼 수 있다. 예이츠는 엘리엇을
"시에서 가장 혁명적인 사람"(the most revolutionary man in poetry)
(Chad 6)으로 평가했는가 하면 엘리엇도 예이츠를 "우리 시대의 가장
위대한 시인"(the greatest poet of our time)(Chad 6)으로 평가했다. 엘
리엇이 실제로 예이츠에 대해 자신의 생각을 비교적 자세히 전개한 글
이 있다. 그것이 바로 「예이츠」("Yeats")이다. 이 글에서 엘리엇은 예

---

1) 이 논문은 한국예이츠학회의 『한국예이츠저널』 제40권, pp.231~251에 게재되었던 것을 수정
   및 보완했음을 밝힌다.

이츠의 여러 가지 면모를 평가하였으며 그리고 그 중의 일부를 코웰 (Raymond Cowell)이 「중년의 시인」("The Poet of Middle Age")이라는 제목으로 편집하였다.[2] 전자는 비교적 많은 양을 할애(약 11쪽. *OPP* 252-262)하여 엘리엇이 예이츠를 평가했는가 하면 후자는 3쪽이 되지 않는 짧은 글이다. 그러나 필자는 후자를 통해 예이츠에 대한 엘리엇 의 평가를 재조명해 보고자 한다. 엘리엇과 예이츠의 관계는 비교적 많 이 이루어지고 있다. 해외에서는 도노휴(Denis Donoghue)가 「예이츠, 엘리엇, 그리고 신화적 방법」("Yeats, Eliot, and The Mythical Method") 에서 이 둘의 관계를 연구했으며 그는 또한 「세 명의 존재들: 예이츠, 엘리엇, 파운드」("Three Presences: Yeats, Eliot, Pound")에서 20세기 대 표적 시인들인 이 세 시인들을 비교 연구한 바 있다. 그리고 국내에서 는 양병현이 「Yeats와 Eliot의 문학적 상상과 종교적 상징」과 이철희 의 「엘리엇의 예이츠론: 그 시와 시학」, 그리고 최근 2012년에 정경심 의 「예이츠와 엘리엇 사이에 감추어진 상호 영향력」이라는 연구 등이 있다. 본 글의 구성을 제Ⅱ장은 예이츠에 대한 엘리엇의 평가를 간략 하게 살펴보고 제Ⅲ장에서는 예이츠의 대표적 문학창작 이론인 마스 크(Mask)를 엘리엇의 시각에서 조망해 보았으며 제Ⅳ장에서는 제Ⅱ장 과 제Ⅲ장을 토대로 결론을 맺어 보았다.

---

2) 사실 엘리엇의 예이츠에 대한 글은 엘리엇이 1940년 더블린의 애비극장(Abby theater)에서 행한 예이츠 사망 1주기 추모 강연이며 이어서 『의도』(*Purpose*)에 수록되었고, 1957년에 엘리엇의 『시와 시인에 관하여』(On Poetry and Poets)에 수록되었으며 1963년에 운터렉커(Unterecker)가 편집한 『예이츠: 비평선집』(*Yeats: A Collection of Critical Essays*)에 수록되었고 1971년에 코웰이 일부를 「중년의 시인」으로 편집해 놓았다. 필자는 이미 「엘리엇의 예이츠론」과 「예이츠와 엘리엇의 시 창작 비교연구」에서 이 둘 사이를 연구해 보았으나 흥미로운 부분을 찾아서 간략하게 예이츠에 대한 엘리엇의 평가를 살펴본다.

Ⅱ. 엘리엇의 예이츠에 대한 재조명

코웰이 편집한 「중년의 시인」에서 엘리엇은 예이츠에 대해서 두 가지를 지적한다.

> 내가 이미 상세하게 묘사했던 첫 번째는 예이츠가 중년과 노년에 했던 것을 성취했다는 것은 내가 예술가의 특성이라고 불렀던 것의 위대하고 영원한 본보기-미래의 시인이 존경심을 가지고 연구해야 할-이다. 일종의 지적일 뿐 아니라 도덕적인 우수성이다. 두 번째는 예이츠는 탁월한 중년의 시인이라는 사실이다.

> The first, on which I have already touched, is that to have accomplished what Yeats did in the middle and later years is a great and permanent example—which poets-to-come should study with reverence—of what I have called Character of the Artist: a kind of moral, as well as intellectual, excellence. The second point, . . . is that Yeats is pre-eminently the poet of middle age. (*Eliot* 20)

위에서 엘리엇이 말한 바와 같이 이미 엘리엇은 예이츠에 대한 평가를 한 바가 있고, 예이츠가 중년기와 노년기에 했던 것은 위대하고 영원한 본보기가 된다고 하여 후배 시인들이 배워야 할 당위성을 강조하고 있다. 또한 엘리엇이 강조하는 점은 예이츠는 지적 우수성뿐 아니라 도덕적인 우수성을 소유하고 있다는 사실이다. 엘리엇은 이미 「예이츠론」에서 예이츠의 지적 우수성에 대해서 구체적으로 이야기한 바 있으며 위의 주장을 통하여 우리는 예이츠에 대해서 미래의 시인이 되고자 하는 사람은 존경심을 가지고 연구해야 하며, 예이츠는 예술가의 특징이라 부를 수 있는 영원한 본보기를 소유하고 있다는 사실을 알 수 있다. 여기서 특히 도덕적 우수성에 대한 평가는 그동안 간과되어 왔다. 이러한 도덕적인 우수성에 대해서 엘리엇은 다음과 같이 구체적으로 주장한다.

> 그가 런던을 방문했을 때 그는 젊은 시인들과 만나서 이야기하기를 좋아했다. 사람들은 종종 그를 오만하고 거만하다고 말했다. 나는 결코 그에게서 그런 것을 발견하지 못했다. 그와 젊은 작가와의 대화에서 나는 항상 그가 동료 노동자와 똑같은 신비로운 개업의에게서처럼 그가 평등한 관계를 선사한다고 느꼈다. 내 생각에 그것은 많은 다른 작가와는 달리 그는 시인으로서 그 자신의 명성 또는 시인으로서의 그 자신의 모습보다는 시에 더 관심을 가졌다.

> When he visited London he liked to meet and talk to younger poets. People have sometimes spoken of him as arrogant and overbearing. I never found him so; in his conversations with a younger writer I always felt that he offered terms of equality, as to a fellow worker, a practitioner of the same mystery. It was, I think, that, unlike many writers, he cared more for poetry than for his own reputation as a poet or his picture of himself as a poet. (*SP* 249)

위의 엘리엇의 분석을 통해서 우리는 예이츠의 또 다른 인간적인 면모를 엿볼 수 있다. 사람들이 예이츠를 다소 오만하며 거만하게 여겼지만 엘리엇은 전혀 그렇게 보지 않았다는 사실을 알 수 있다. 예이츠를 보면 '평등함'이라는 어휘를 떠올리게 했으며 많은 다른 시인들과는 달리 시 자체에 더욱 관심을 가졌다는 사실을 알 수 있다. 그리고 앞서 코웰의 편집에서 두 번째 예이츠의 매력이라면 우리는 엘리엇이 예이츠의 중년시기의 작품의 우수성에 대해서 평가한 것이 아닌가라는 궁금증을 가질 수 있다. 다시 말해 예이츠는 중년시기의 독자들에게만 호소하며 중년층의 독자들을 주된 목표로 삼았는가라는 의구심을 가질 수 있을 것이다. 그러나 이러한 궁금증에 대해서 엘리엇은 다음과 같이 주장한다.

> 나는 그(예이츠)가 단지 중년의 독자들만을 위한 시인을 의미하는 것은 아니다. 전 세계를 통하여 영어로 쓴 젊은 시인들의 그에 대한 태도가 그 반대를 보여주는 충분한 증거가 된다.
>
> I am far from meaning that he(Yeats) is a poet only for middle-aged readers: the attitude towards him of younger poets who write in English, the world over, is enough evidence to the contrary. (*Eliot* 20)

우리는 엘리엇의 이 주장에 의해서 예이츠가 단지 중년을 위한 것만이 아니라 청년층에게도 어느 정도 교감을 불러 일으켰다고 볼 수 있다. 그러면서 엘리엇은 "이론상으로는 중년 또는 노년 이전의 어느 시기에 시인의 영감이나 소재가 실패해야 할 이유는 없다"(Now, in theory, there is no reason why a poet's inspiration or material should fail, in middle age or at any time before senility)(*Eliot* 20)고 주장한다. 이 주장을 환언하면 시인의 영감이나 소재는 중년이나 노년에도 지속될 수 있다는 논리가 된다. 즉, 예이츠가 이런 논리를 실행에 옮겼다고 볼 수 있으며 엘리엇은 예이츠의 이 점을 높이 평가한다고 볼 수 있다. 뿐만 아니라 엘리엇은 예이츠가 사용한 소재의 훌륭함과 다양성에 대해서 찬사를 보낸다. 그 이유를 엘리엇은 좀 더 구체적으로 다음과 같이 주장한다.

왜냐하면 경험할 수 있는 사람은 그의 인생에서 10년마다 자신이 다른 세계 속에 있다는 사실을 발견하기 때문이다. 즉, 그는 그것을 다른 시각으로 보기 때문에 그의 예술의 소재는 끊임없이 갱신된다.

For a man who is capable of experience finds himself in a different world in every decade of his life; as he sees it with different eyes, the material of his art is continually renewed. (*Eliot* 20)

즉, 예이츠는 해가 지날수록 자신의 소재에 다변화를 주어 작품 창작에 임했다는 사실을 알 수 있다. 그래서 그 이유는 바로 예이츠는 세상을 전혀 다른 시각으로 볼 수 있는 혜안(慧眼)을 가지고 있기 때문이다. 또한 예이츠가 사용한 소재의 다양성은 예이츠의 다작(多作)의 작품을 보면 알 수 있을 것이다. 단적으로 표현하면 예이츠는 다작에도 불구하고 독자들에게 늘 신선함과 신기함을 제공해준다고 볼 수 있다. 엘리엇은 "그러나 사실 여러해에 이렇게 적응할 수 있는 능력을 보여준 시인들은 극소수이며 그것은 참으로 그 변화에 직면할 예외적인 정직성과 용기가 필요하다"(But in fact, very few poets have shown this capacity of adaptation to the years. It requires, indeed, an exceptional honesty and courage to face the change(*Eliot* 20)고 분석한다. 이러한 논리로 본다면 예이츠는 세대 또는 시대의 변화에도 불구하고 한 가지의 주제 또는 소재를 고집했다기보다는 그 시대에 알맞게 자신의 모습을 변형시켰다고 할 수 있다. 그러면서 엘리엇은 글 쓰는 사람을 크게 두 가지로 비교적 짧지만 자세하고 정확하게 분류한다.

대부분의 사람들은 자신들의 글쓰기가 초기의 작품을 성의 없이 모방하기 위해 젊은 경험들을 고수하거나 자신들의 열정을 뒤로 남겨두며, 텅 비고 쓸모없는 잔재주로 머리로만 글을 쓴다. 또 다른 더 심각한 유혹이 있다. 그것은 품위 있게 되려는 유혹 즉, 대중적 존재만으로 저명인사들이 되려는 유혹이다. 이 것은 그들은 대중이 기대한다고 믿는 것만을 행하고, 말하며 심지어 느끼기 때문에 화려함과 외관만을 걸치고 있는 외투걸이이다.

Most men either cling to the experiences of youth, so that their writing becomes an insincere mimicry of their earlier work, or they leave their passion behind, and write only from the head, with a hollow and wasted virtuosity. There is another and even worse temptation: that of becoming dignified, of becoming public figures with only a public existence-coat-racks hung with decorations and distinctions, doing, saying, and even thinking and feeling only what they believe the public expects of them. (*Eliot* 20)

엘리엇이 분류한 이 두 종류의 작가를 좀 더 쉽게 풀어보면 젊다는 경험을 보여주기 위해서 초기의 작품을 임의대로 모방하거나 자신들의 열정을 무시하고 단지 쓸모없는 기교를 부리며 정서에 의해서만 글을 쓰는 사람들이 그 한 가지이고, 두 번째는 더욱더 좋지 못한 유혹으로서 대중들이 자신들에게 기대하는 것만을 느끼고 생각하고 말하는 사람이다. 그러나 흥미로운 점은 엘리엇은 작가를 이와 같이 두 가지 종류로 분류하지만 예이츠를 여기에 포함시켜서는 안 된다는 논리를 펼친다.

> 예이츠는 그런 종류의 시인은 아니었다. 그리고 아마도 그것이 쉽게 노인이 그러하는 것보다 젊은이들이 그의 후기 시를 더 마음에 들어 하는 이유일 것이다. 왜냐하면 젊은 사람들은 그의 작품에는 항상 최상의 감각에서 젊음을 유지하며, 심지어 어떤 의미에서는 그가 나이가 들어감에 따라 젊어지는 시인으로 그 (예이츠)를 볼 수 있기 때문이다.

> Yeats was not that kind of poet: and it is, perhaps, a reason why young men should find his later poetry more acceptable than older men easily can. For the young can see him as a poet who in his work remained in the best sense always young, who even in one sense became young as he aged. (*Eliot* 20)

위의 엘리엇의 예이츠에 대한 평가에서 우리는 흥미로운 사실을 발견할 수 있다. 그것이 바로 젊은이들은 그의 후기 시에 더욱더 자신들에게 다가가야 한다는 사실을 강조하고 있다. 이를 환언하면 예이츠의 후기 시가 비록 예이츠의 노년기에 창작되었을지라도 젊은이들에게 더 가깝게 다가갈 수 있다는 논리라고 볼 수 있다. 그 이유를 예이츠는 젊은이들에게 항상 젊음을 유지하고 있으며, 심지어 노년에 다가가고 있음에도 불구하고 점점 더 젊어진다는 매우 특이한 역설적 상황을 예로 들어 설명한다. 다음과 같은 엘리엇의 주장을 보면 좀 더 예이츠에 대한 평가를 이해할 수 있다.

확실히 영미의 젊은 시인들에게 예이츠의 시에 대한 찬사는 전적으로 좋았다고 확신한다. 그의 언어는 너무나 독특해서 모방 위험이 없으며 그의 의견은 너무 특이하여 그들의 편견을 부추기거나 확신을 줄 필요가 없었다. 그들이 명백히 살아있는 위대한 시인의 후광을 가지고 있다는 것은 좋은 일이었다. 그의 스타일은 그들이 모방을 부추기지 않았고, 그의 아이디어는 그들 사이에서 유행하는 것들과 대립됐다.

Certainly, for the younger poets of England and America, I am sure that their admiration for Yeats's poetry has been wholly good. His idiom was too different for there to be any danger of imitation, his opinions too different to flatter and confirm their prejudices. It was good for them to have the spectacle of an unquestionably great living poet, whose style they were not tempted to echo and whose ideas opposed those in vogue among them. (*SP* 248−249)

바로 엘리엇은 위에서 예이츠의 장점을 여러 가지로 이야기하고 있다. 젊은 시인들이 예이츠에게 찬사를 보내는 것은 전적으로 옳은 것이며 예이츠의 언어나 의견은 완전히 차별화를 시도했으며 젊은 시인들이 훌륭하게 살아있는 시인의 모습−예이츠−을 보는 것은 매우 좋았다며 엘리엇이 칭찬을 아끼지 않는 것을 볼 수 있다. 다시 말해 예이츠의 시는 자신만의 독특성과 차이를 지니고 있어 모방할 수 없다는 사실을 엘리엇이 강조하고 있는 것이다. 또한 그 예이츠의 위대성을 엘리엇은 다음과 같은 이유를 예로 들기도 한다.

예이츠가 위대한 시인이 되지 못했다면 예이츠는 이런 영향력이 없었을 것이다. 그러나 내가 말하는 영향은 시인 그 자신의

모습 그리고 그의 비범한 발전을 위한 그런 충동을 제공한 그의
예술과 그의 열정의 통합 때문이다.

Yeats would not have this influence had he not become a great
poet; but the influence of which, I speak is due to the figure of the
poet himself, to the integrity of his passion for his are and his craft
which provided such an impulse for his extraordinary development.
(*SP* 249)

단적으로 엘리엇은 예이츠의 "예술과 열정의 통합"을 예이츠의 우
수성으로 보고 있다. 엘리엇은 이러한 자신의 주장을 합리화시키기 위
해서 「박차」("The Spur")라는 예이츠의 시를 예로 든다.

그대는 끔찍하다 하겠지. 욕망과 분노가
노년에 붙어 비위 맞추는 것을.
그것들 내 젊을 때는 그리 성가신 것은 아니었지
나 그것들 외에 노래로 박차를 가할 것 무엇이랴?

You think it horrible that lust and rage
Should dance attendance upon my old age;
They were not such a plague when I was young:
What else have I to spur me into song? (*Eliot* 20)

엘리엇은 이 시행에 사용된 정서에 대해서 최근에 엘리엇 자신이 존
경하는 영국의 비평가가 비판을 한바 있지만 그는 영국 비평가가 이
표현들을 오독했다고 생각한다(*Eliot* 21)고 주장하며 다음과 같은 논리
를 펼친다.

나는 그것들을 타인과 다른 사람이 아니라 본질적으로 대다수
의 이들과 똑같은 개인의 고백으로 읽는다. 그 유일한 차이라면
더 위대한 명석, 정직, 활력에 있다.

I do not read them as a personal confession of a man who differed
from other men, but of a man who was essentially the same as most
other men; the only difference is in the greater clarity, honesty and
vigour. (*Eliot* 21)

우리는 엘리엇의 위와 같은 주장에서 한 가지 간과해서는 안 될 중
요한 사실이 있다. 그것은 바로 대부분의 다른 사람들과 똑같은 사람
의 개별적 고백이라는 점이다. 이것은 엘리엇이 예이츠를 개인적 정서
에서 보편적 진리를 찾아내는 시인(*OPP* 255)으로 평가했다는 사실로
도 입증이 될 것이다. 예이츠는 특유의 낭만적인 기질을 가지고 있지
만 모든 사람들이 느낄 수 있는 시적 소재나 정서를 시에 활용하여 독
자들에게 다가간다고 볼 수 있다. 게다가 엘리엇은 예이츠의 우수성
을 시어의 단단함이나 감정의 솔직함 그리고 활력 있는 극적 표현 기
법 등을 들고 있다. 그러면서 엘리엇은 예이츠의 극『연옥』(*Purgatory*)
에 대해 이야기하며3) 동시에 예이츠의 시 세대의 이러한 측면만을 강
조하고 싶지는 않다면서『나선형 계단과 기타시들』(*The Winding Stair
and Other Poems*)에 수록된「에바 고어-부스와 콘 마퀴우즈를 추억하

---

3) 엘리엇은 예이츠의 극『연옥』역시 매우 유쾌하지는 않으며 예이츠가 이 제목을 사용하지 않
기를 원했는데 이유는 연옥을 암시할 수 있거나 최소한 연옥에 대한 강조점이 없기 때문이라
고 한다. 그러나 예이츠가 가지고 있는 비범한 극작 기술은 제외하더라도 이 극은 노인의 정
서를 장인답게 전개하며, 서정시인 예이츠는 극을 쓸 때도 모든 사람 또는 자신과는 완전히
다른 사람에게 말할 수 있다고 주장한다. 이런 능력을 성취해 내기 위해 예이츠는 순간 자신
을 모든 사람 또는 다른 사람과 일치시킬 수 있으며, 이렇게 할 수 있는 그의 유일한 상상력 때
문에 몇몇 독자들은 예이츠가 자신만을 위해서 그리고 그 자신에 대해서 말하고 있다고 현혹
되기도 한다(*Eliot* 21)고 주장한다.

며」("In Memory of Eva Gore-Booth and Con Markiewicz" 1933)라는 시의 일부를 예로 든다.

> 비단 키모노를 입은 두 소녀, 모두
> 아름답고, 하나는 가젤을 입고 있다.

> Two girls in silk kimonos, both
> Beautiful, one a gazelle. (*Eliot* 21)

그리고 이런 시행들은 뒤에 이어지는

> 쇠약할 때 늙고 해골처럼 수척하다.

> When withered, old and skeleton gaunt. (*Eliot* 21)

에서 「쿨 정원」("Coole Park 1929") 시작 부분인

> 나는 제비 한 마리가 나는 것을 생각한다.
> 지긋한 나이의 여인과 그 집 위를.

> I meditate upon a swallow's flight,
> Upon an aged woman and her house. (*Eliot* 21)

는 시행에 이르기까지에서 나온 진동을 통해서 예이츠는 위대한 긴장감(great intensity)을 창조해 낸다고 주장한다(*Eliot* 21). 즉, 첫 시는 추상과 구상, 두 번째 시는 해골의 이미지와 노년의 긴장, 세 번째 시는 세월의 흐름, 자연과 인간, 자연과 문화 등이 적절한 이미지로 대비되

고 환기됨으로써 긴장감을 일으키고 있다고 볼 수 있다. 예이츠의 생존기간이 1865년부터 1939년일 때 1929년과 1933년에 완성된 작품이라면 이들은 모두 예이츠의 말기작품이라 할 수 있다. 이러한 작품에 대해서는 엘리엇의 진단을 살펴보는 것이 좋겠다.

그러한 시들 속에서 우리는 가장 생생하고 바람직한 젊음의 정서가 돌이켜보면 충만하고 마땅한 표현을 얻기까지 보존되어 왔음을 느낀다. 왜냐하면 노년의 흥미로운 정서는 단순히 다른 정서가 아니다. 그것은 젊음의 정서가 합쳐진 정서이다.

In such poems one feels that the most lively and desirable emotions of youth have been preserved to receive their full and due expression in retrospect. For the interesting feelings of age are not just different feelings; they are feelings into which the feelings of youth are integrated. (*Eliot* 21−22)

위의 주장을 통해서 우리는 엘리엇이 위의 두 작품을 호의적으로 평가하면서 그 이유를 가장 생생하고 젊음의 정서를 적절하게 표현했으며 젊음의 정서가 작품 속에 그대로 통합되어 있다고 분석한다는 사실을 알 수 있다. 다시 말해 엘리엇의 의도는 1) 젊음의 정서가 인공적으로 만들어지지 않았다는 것. 즉, 직접적인 경험에서 비롯되었지 결코 머리에서 나온 것이 아니라는 것. 2) 그 젊음의 정서를 현재의 관점에서 재구성했다는 점. 3) 그 재구성은 적절한 표현을 통해 구현되었다는 것이라고 할 수 있다. 지금까지 간단하게 예이츠에 대한 엘리엇의 평가를 살펴보았다. 엘리엇은 예이츠를 후배 시인들이 반드시 배워야 할 점을 지니고 있는 훌륭한 시인이라 평가하고 있으며 예이츠가 사용한 소재의 다양성을 호의적으로 평가한다. 아울러 작가를 두 가지로 분류하지만 이 분류에 예이츠를 포함시켜서는 안 된다는 논리를 펼치고 있다.

Ⅲ. 예이츠와 마스크이론과 엘리엇

만약에 "예이츠에의 올바른 접근을 위해서는 마스크이론에 대한 이해가 필수불가결하다는 점은 모든 평자가 한결같이 인정하는 바"(이영숙2 277)라면 엘리엇 작품 감상을 위해서는 "객관적 상관물"(objective correlative)을 이해하는 것이 필수 요건 중에 하나라고 할 수 있다. 그만큼 예이츠에게 "마스크 이론"이 예이츠의 작품을 이해하는 데 중요한 요소 중에 하나라면 엘리엇에게는 "객관적 상관물"이 큰 비중을 차지한다고 볼 수 있다. 또한 예이츠의 마스크 이용은 "예이츠에게 있어서는 일상생활에서 나타내 보일 수 없는 신화, 전설을 극화하는 데만 중요할 뿐 아니라 변화하지 않는 아름다움의 추구, 배우의 주관을 배제한 영원한 객관화, 작가 자신의 객관적인 관점을 표출하기 위한 도구 등으로 중요한 역할을 한다"(허종 188)면 엘리엇에는 "예술가의 과정은 지속적인 자기희생이며 지속적인 개성의 사멸"(The progress of an artist is a continual self-sacrifice, a continual extinction of personality. SW 53)이라는 간단한 주장에 의해 유사한 측면이 있음을 알 수 있다. 결국 이와 같이 예이츠와 엘리엇의 문학창작 이론을 동일 평면위에 올려놓고 보면 서로 상응되는 부분이 있다고 볼 수 있다. 예이츠가 마스크의 실현으로 신화와 전설을 사용했듯이 엘리엇 역시 이와 유사한 맥락으로 작품 창작에서 신화와 전설을 사용하여 작품의 품위를 고양시켰을 뿐만 아니라 극 중 배우의 주관을 배제하기 위하여 코러스 (chorus)를 사용하거나 작가 자신과 작품 사이의 객관성을 유지하기 위하여 일상생활에서 볼 수 있는 모습이나 사건 또는 상황 등을 작품에 묘사하여 그 효과를 극대화시킨다. 엘리엇은『황무지』(*The Waste Land*) 의 제3부「불의 설교」("The Fire Sermon")의 일부분을 다음과 같이 묘사한다.

> 차 시간에 집에 돌아온 타이피스트는 조반상을 치우고,
> 스토우브에 불을 피우고, 통조림 음식을 늘어놓는다.
> 창문 밖으로 아슬아슬하게 널려있는
> 속옷가지는 저녁 햇빛을 받아서 마르고
> 긴 의자(밤에는 침대용) 위엔
> 양말짝, 슬리퍼, 자켓, 코르셋 등이 쌓여있다.

> The typist home at teatime, clears her breakfast, lights
> Her stove, and lays out food in tins.
> Out of the window perilously spread
> Her drying combinations touched by the sun's last rays,
> On the divan are piled(at night her bed)
> Stockings, slippers, camisoles, and stays. (*CPP* 68)

이 시는 엘리엇이 목적의식 없이 살아가고 있는 현대인의 모습을 현생활(실제 생활)모습에서 그 소재를 찾아 표현하고 있다. 다시 말해 엘리엇은 현대인의 전형으로서 타이피스트를 시의 등장인물들 중 한 사

람으로 설정하여 이 여성의 일상생활 속에서의 무의미한 삶의 모습을 그리고 있다. 또 한편 예이츠의 "마스크는 종종 예이츠로부터 이미지, 반 자아(Anti-self) 혹은 대립적 자아(Antithetical self)라고 표현되기도 한다면"(이영숙2 281) 엘리엇은 자신의 주관을 철저히 배제시키기 위하여 상징 또는 역설적 표현에 의존하는데, 이에 의하여 예이츠와 엘리엇은 서로 연결될 수 있을 것이다. 특히 예이츠의 상징은 다음과 같은 역할을 한다는 사실을 눈여겨 볼 필요가 있다.

> 상징이라는 개념이 예이츠로 하여금 미지의 그리고 상상할 수 없는 불과 같은 상태에서 위대한 추억과 보편적 상징으로 전개하게 했으며 이것은 또한 보편적 신의 실체이다.
>
> The notion of the symbol has allowed Yeats to proceed from the unknowable and unimaginable "condition of fire" to the "great Memory" and the "universal imagination," which is also the "universal body of God". (*Ryan* 7)

예이츠는 직접적으로 그리고 대치하여 말하는 것은 예이츠 자신의 의도가 아니었고, 심지어 예이츠에게서 직접 진술(direct statements)조차도 공언된 의미(declared meaning)를 능가한다(Knox 19)는 사실에서 예이츠의 표현 방법의 진수 중에 한 가지를 우리가 알 수 있다. 즉, 시의 외연적 의미만으로는 예이츠의 작품을 감상하는 데는 어려움이 있다고 볼 수 있다. 이 점은 엘리엇에게서도 볼 수 있는 것으로서 그는 주변에서 볼 수 있는 소재들을 시에 사용하여 표현하지만 그 의미는 일반적인 의미를 능가한다. 또한 예이츠는 전통적인 영시의 규범을 광범위하게 고수했고, 결코 비운율적인(non-metrical) 시를 창작하지 않았다(Schmidt 318). 아울러 반자아 또는 대립적 자아에 대해서 아킨즈 (Arkins)는 「겹쳐진 모든 것」("All Doubled")이라는 글에서 예이츠의 대립을 두 가지로 분류한다. 그 첫째가 대립적 대조(antithetical contrary)인데 여기에는 "개성(personality), 자아(self), 불일치(discord), 태음력(the lunar), 비극, 그리스 시대(the Greek era), 낭만적 아일랜드(Romantic Ireland), 버클리의 이상주의 (the idealism of Berkerly), 마이클 로바티스 (Michael Robartes), 파넬(Parnell) 등이며, 두 번째로 주요 대조(Primary contrary)로서 "성격(character), 영혼(soul), 일치(concord), 태양력(the solar), 희극, 기독교도(the Christian), 현대 아일랜드(Modern Ireland)" 등으로 분류한다(5). 이와 같은 사실을 종합해 볼 때 예이츠의 진술은 이미 공언된 그 의미를 넘어섰고 영시의 규범을 따랐으며 두 가지의 대립이 서로 교차점을 이룬다는 사실에서는 엘리엇과 유사한 면을 볼 수 있다. 다만 예술적 강조점에서의 차이라면 예이츠의 마스크는 대립되는 두 힘 간의 긴장, 특히 형식과 무형식, 형상적인 것과 무형상적인 것의 바탕이 되는 원초적인 힘, 아폴로적인 것과 디오니소스적인 것 등의 긴장 관계가 성립되고 있는 반면에 엘리엇은 어쩌면 아폴로적인 것 즉 형상이 무형상을 어느 정도 압도하고 있다고 볼 수 있다.

그리고 또한 "예이츠의 예술이란 마스크의 형상화, 결국 시인 예이츠에게 마스크란 수단인 동시에 목적"(이영숙2 285)이면서 "마스크란 본질적으로 우리의 욕구를 표현해 주는 이상적인 이미지"(이도경 58)라고 진단한다면 엘리엇과 매우 밀접한 연관성이 있다고 할 수 있다. 즉, 엘리엇에게 예술 창작 기법이란 "객관적 상관물의 실현 또는 구체화"라고 볼 수 있으며, 이 기법이 엘리엇에게는 문학창작의 기법의 시작이자 끝이라고 할 수 있다. 예이츠의 경우『시집: 1894~1905』(Poems 1894~1905)의 서문에서 예이츠 자신은 드라마 작법에서 중요한 점을 다음과 같이 이야기한다.

『시집: 1894~1905』의 서문에서 예이츠는 그에게 드라마는 더 남성적인 에너지와 사건들의 논리에서 나오는 것은 무엇이든 지 즐겁게 받아들이는 것, 그리고 욕망과 모호한 후회로 흐려지 는 서정시의 윤곽들 대신에 분명한 윤곽의 추구를 나타낸다고 주장한다.

In the Preface to *Poems 1894~1905* Yeats claims that for him drama represents the search for a more manful energy, more of a cheerful acceptance of whatever arises out of the logic of events, and for clear outline, instead of those outlines of lyric poetry that are blurred with desire and vague regret. (Farley 재인용 13)

왕(Wang) 또한 "예이츠는 사건들의 논리에서 나오는 것은 무엇이나 받아들이는 중요성을 미리 예고했다"(31)며 그 예를 「시간의 십자가 위의 장미」("To the Rose upon Rood of Time")와 「이니스프리의 호도」 ("The Lake Isle of Innisfree")에는 시간(time)과 관련된 모든 것이 배열 되어 있다고 주장한다(31). 결국 낭만주의자, 신비주의자, 상징주의자 등 일종의 다면적 얼굴을 가진 예이츠도 사건의 논리에서 나온 것을 수용한다는 측면에서는 먼저 엘리엇의 객관적 상관물과 유사한 창작 기법을 심중에 두고 있었던 것으로 보인다.

예이츠의 마스크 이론을 고찰하면서 한 가지 흥미로운 사실은 "예 이츠가 단테(Dante)를 논하면서 비로소 힘이 있고 설득력 있게 마스크 이론이 다루어진다면(이영숙2 284) 엘리엇 역시 단테와 관련해서 「나 에게 단테의 의미」("What Dante Means to Me")라는 글을 통해서 단테

에게서 배워야 할 3가지를 요약한 바 있다.[4]

그리고 "예이츠가 연극적 효과를 살리기 위해 사용한 중요한 3가지 요소는 마스크, 춤(Dance), 코러스라고 할 수 있으며 특히 이 중 마스크의 사용은 예이츠의 독특한 신비의 작품을 만들어 내는 데 가장 큰 역할을 했다(허종 187-188)면 엘리엇의 경우 예이츠의 마스크는 타자아(alter-ego), 분신이미지(shadow-image) 등으로 나타나며 춤의 이미지는 엘리엇의『네 사중주』(Four Quartets)에서 핵심을 이루는 이미지 중에 하나이다.

> 회전하는 세계의 정지하는 일점, 육도 비육도 아닌
> 그곳으로부터도 아니고 그곳을 향해서도 아닌, 정지점 거기에
>   춤이 있다.
> 정지도 운동도 아니다. 고정이라고 불러선 안 된다.
> 과거와 미래가 합치는 점이다. 그곳으로부터 또는 그곳을 향한
>   운동도 아니고.
> 상승도 하강도 아니다. 이 점, 이정지점 없이는
> 춤은 없다. 그러나 거기에만 춤이 있다.

> At the still point of the turning world. Neither flesh nor fleshless;
> Neither from nor towards; at the still point, there the dance is,
> But neither arrest nor movement. And we do not call it fixity,
> Where past and future are gathered. Neither movement from nor
>   toward,
> Neither ascent nor decline. Except for the point, the still point,
> There would be no dance, and there is only the dance. (*CPP* 173)

---

4) 엘리엇은 단테는 언어의 사용에 있어서 위대한 대가이며, 정서적 범위의 폭이 넓으며 단테가 가장 유럽적이라고 평가한다(*CC* 132-135 참조).

엘리엇의 춤은 예이츠의 「쿨 호수의 야생백조」("The Wild Swans at Coole")와 비교될 수 있다.

> 처음 그 수를 세어 본 이래
> 열아홉 번째 가을이 다가왔구나.
> 채 세기도 전에
> 후루룽 모두 날아올라
> 날개 소리도 요란하게
> 단절된 큰 원을 그리며 회전하다 흩어지는 것을 보았다.

> The nineteenth Autumn has come upon
> Since I first made my count;
> I saw, before I had well finished,
> All suddenly mount
> And scatter, wheeling, in great broken rings
> Upon their clamorous wings. (*VP* 322)

이 시는 두 가지 유사한 사건들에 대한 시인의 반응인데 첫째는 현재 일어난 것과 또 하나는 19년 전에 일어났던 것에 대한 반응이다. 시에서 백조(Swans)는 "어떤 고정된 원칙 즉, 변화의 세계에서 시 전체를 통해서 다시 울려 퍼지고 있는 어휘인 정점(stillness)"(Foley 6−7)이라고 한다면 엘리엇에게 있어서도 정점의 이미지는 『네 사중주』의 핵심적 이미지로 작용한다는 사실을 알 수 있다. 예이츠의 "정"이 다음과 같은 작용을 한다는 사실 역시 눈여겨볼 만하다.

> 시간과 시간이 예고하고 행하는 상실은 백조들의 유동적이며
> 영속하는 자질과는 다른 세계에 시인이 속해있다는 사실로 절

정을 이룬다. 백조들이 반복되는 타자성을 보여주고 평시 시간의 경계에서 "정"의 자리를 차지함으로써 시인은 자신이 처한 입장에서 직선적이고 단절적 시간의 시적 모델을 사용하여 나선으로 반복되는 세계를 규정한다.

Time and the losses it heralds and enacts consummates the poet's inclusion in a world of different from the fluid, perpetually enduring quality of the swans. The reiterated otherness of the swans, their location in "stillness" on the boundary of zones of habitual time, permits the poet to define a spiralling world of recurrence only from his own position of entrenchment in an operation poetic model of linear, interruptive time. (Weitzel 22)

이와 같이 예이츠도 정점이라는 개념을 사용하여 엘리엇의 시적 소재 중에 하나와 일치하고 있음을 볼 수 있다. 즉, 예이츠의 백조는 시적 화자가 바라보는 관점, 환언하면 변하지 않는 하나의 "정"의 위치를 점하고 있다면 엘리엇의 경우 "정점"이란 서로 상반된 이동 속에서의 합일점이라 볼 수 있다.

그리고 "삶의 고통스런 상황이 시화(rewording)의 과정을 걸쳐 시인에게 위안을 주는 예술품으로 변한다는 시론이 다름 아닌 예이츠의 마스크 이론의 표현"(이영숙 296)이라면 엘리엇의 경우 예이츠의 시화의 과정은 표현하기(present)가 아닌 재표현하기(represent)의 과정이라 볼 수 있다. 이와 같은 논리를 강조하기 위해 엘리엇은 다음과 같이 주장한다.

사실 시에서 기이한 버릇 중에 한 가지 오류는 표현할 새로운 정서를 찾는 것이다. 그리고 부적절한 곳에서 이렇게 새로움을 찾기 때문에 왜곡된 것을 발견하게 된다. 시인의 임무는 새로운 정서를 찾는 것이 아니라 평범한 정서를 사용하는 것이며 이들을 시로 적용함으로써 전혀 실제 정서의 상태가 아닌 감정을 표현하는 것이다.

One error, in fact, of eccentricity in poetry is to seek for new human emotions to express; and in this research for novelty in the wrong place it discovers the perverse. The business of the poet is not to find new emotions, but to use the ordinary ones and, in working them up into poetry, to express feelings which are not in actual emotions at all. (*SW* 57−58)

위와 같은 엘리엇의 주장에서 우리는 시인이란 인위적으로 새로운 정서를 찾아서 표현해야 한다기보다는 평범한 정서를 활용해야 한다는 논리로 볼 수 있다. 예이츠가 작품의 완성도를 높이기 위한 노력의 일환으로 수정과 교정을 반복하였다는 사실이 예이츠의 시화를 설명할 수 있는 부분이라면 엘리엇은 수많은 어휘나 구, 이미지를 모아서 적재적소에 배치하기 위해 끊임없이 노력하는 모습이라고 볼 수 있을 것이다. 이를 증명하는 것이 엘리엇에게 시인의 마음이란 "수많은 정서와 구(phrases), 이미지를 포착해서 저장하기 위한 하나의 용기(receptacle)" (*SW* 55)가 되는 것이다.

또한 예이츠가 "현재의 삶과 대조적인 모습으로 드러나는 이상적인 이미지를 마스크로 규정했다면"(이영숙2 283), 엘리엇의 경우 강한 역설적 표현에 의지하여 자신이 전달하고자 하는 내용을 전달한다.

우리의 유일한 건강은 병이다.

죽어가는 간호사에게 복종하지만
그의 끊임없는 간호는 우리를 즐겁게 하는 것이 아니고,
우리에게 우리의, 즉, 아담의 저주를 상기시키는 것이다.
그러니 회복하자면 우리의 병은 점점 악화되어야 한다.

Our only health is the disease
If we obey the dying nurse
Whose constant care is not to please
But to remind of our, and Adam's curse,
And that, to be restored, our sickness must grow worse. (*CPP* 181)

위와 같이 엘리엇은 강한 역설적 이미지를 사용하여 독자에게 다가
간다. 이는 예이츠가 우리의 욕구를 표현해 주는 이상적인 이미지로
마스크를 사용하는 것과 유사하다고 볼 수 있다.

IV. 나오는 말

엘리엇은 예이츠를 예술가의 특성이라 부를 수 있는 위대하고 영원
한 본보기라고 했으며 아울러 지적 우수성은 물론 도덕적 우수성을 겸
비한 작가로 평가한다. 그러면서 엘리엇은 작가를 두 가지로 분류하지
만 예이츠를 이 범주에 포함해서는 안 된다고 주장하며 예이츠의 우수
성을 끊임없는 소재의 갱신과 표현법상의 명료함과 정직성, 활력 등을
높이 평가하며 아울러 말년의 작품에도 젊음을 지속적으로 유지했다

고 평가한다.

예이츠의 마스크 이론이 예이츠의 접근에 필수라면 엘리엇의 경우 "객관적 상관물"이 있을 수 있다. 이 두 가지는 서로 완벽하게 동일한 문학창작 기법이라고 볼 수는 없겠으나 어느 정도 상응되는 점이 있다. 즉, 예이츠의 마스크는 작가의 객관적인 관점을 표현해 내기 위한 도구라는 면에서는 엘리엇의 객관적 상관물과 유사하며 또한 사건의 논리에서 나온 것을 무엇이나 수용하거나 명백한 윤곽을 추구한 것이 예이츠의 목적이라면 엘리엇 역시 추상성의 구체화적 표현 방법에 의존했다고 볼 수 있다.

참고문헌

Allt, Pater and Russell K. Alspach. eds., *The Variorum Edition of the Poems of W. B. Yeats.* London: Macmillan Publishing Co., Inc. 1940.

Arkins, Brian. "All Thing Doubled: The Theme of Opposites in W. B. Yeats." *Yeats Eliot Review* 18.2 (2001): 2−19.

Chad, Parmenter. "Eliot's Echo Rhetoric." *Yeats Eliot Review* 24.4 (2007): 2−11.

[Chung, Kyungsim. "The Hidden Debts Between Yeats and Eliot." *The Yeats Journal of Korea* 38 (2012): 75−103.]

정경심. 「예이츠와 엘리엇 사이의 감추어진 상호 영향력」. 『한국예이츠저널』 38 (2012): 75−103.

Cowell, Raymond, ed., *Reading in Literary Criticism: Critics on Yeats.* London: George Allen & Unwin, 1971. (Eliot)

Donoghue, Denis. "Yeats, Eliot, and The Mythical Method." *The Sewanee Review* 105.2 (1997): 206−226.

_____. "Three Presences: Yeats, Eliot, Pound." *The Hudson Review* 62.4 (2010): 563−582.

Eliot. T. S. *The Complete Poems and Plays of T. S. Eliot.* London: Faber and Faber, 1969. (*CPP*)

_____. *To Criticize the Critic and Other Writings by T. S. Eliot.* London: Nebraska UP, 1965. (*CC*)

_____. *The Sacred Wood: Essays on Poetry and Criticism.* London: Methuen &Co. Ltd., 1972. (*SW*)

_____. *Selected Prose of T. S. Eliot.* ED. Frank Kermode. New York: Farrar, Straus and Giroux, 1975. (*SP*)

Farley, David. "Yeats and World Drama: The Goal of the Irish National Theater." *Yeats Eliot Review* 15.2 (1998): 12−18.

Foley, Jack. "Yeats's Poetic Art." *Yeats Eliot Review* 18.4 (2002): 2−13.

[Huh, Jong. "Masks and Myths in Yeats's Drama." Kyunghee Nonmunjip, 14 (1985): 185−201.]

허종. 「Yeats 드라마에 있어서의 가면과 신화」. 『경희대학교 논문집』 제14집 (1985): 185−201.

Knox, M. "Reading Yeats between the Lines." *Yeats Eliot Review* 17.3 (2001): 18−27.

[Lee, Chang Bae. *The Complete Poems of T. S. Eliot: Poetry and Poetic Drama.* Seoul: Dongguk UP, 2001.]

이창배. 『T. S. 엘리엇전집: 시와 시극』. 서울: 동국대학교출판부, 2001.

[_____. Understanding 20th Century English and American Poetry. Seoul: Mineumsa, 1979.]

_____. 『20세기 영미시의 이해』 서울: 민음사, 1979.

[Lee, Cheol Hee. "Eliot on Yeats: Poetry and Poetics." *The Yeats Journal of Korea* 32 (December 2009): 133−148.]

이철희. 「엘리엇의 예이츠론: 그 시와 시학」. 『한국예이츠저널』 32 (2009): 133−148.

_____. [Lee, Cheol Hee. "Yeats and Eliot: Poems in Creative Processes." *The Yeats Journal of Korea* 39 (December 2012): 257−274.]

_____. 「예이츠와 엘리엇: 시의 창작 원리의 비교연구」. 『한국예이츠저널』 39 72.

(2012): 257−274.

[Lee, Do-Kyung. "The Conflict of Symbolism and the Theory of the Mask in Yeats's Early Poetry." *The Yeats Journal of Korea* 35 (2011): 55−93.]

이도경. 「예이츠 초기 시의 상징주의와 마스크 이론의 갈등」. 『한국 예이츠저널』 35 (2011): 55-93.

[Lee, Youngsook. "Yeats's Early Poetry and His Theory of Mask." *UOU Report* 21.2 (1990): 295-318.]

이영숙. 「Mask이론을 통해 본 Yeats의 초기 시」. 『울산대학교 논문집』 21권 2 호(1990): 295-318.

_____."A Study of Yeats' Theory of Mask." *UOU Report* 21.2 (1990): 277-294). (Lee, Youngsook 2)

_____. 「Yeats의 Mask이론 고찰」. 『울산대학교 논문집』 21권 제2호(1990): 277-294. [이영숙2로 표기함]

Ryan, Rory. "The Condition of Fire: Yeats and Transcendent Reality." *Yeats Eliot Review* 21.1 (2004): 2-12.

Schmidt, A. V. "Texture and Meaning in Shelley, Keats, and Yeats." *Essays in Criticism* 60.4 (2010): 318-335.

Wang, Jue. "Temporality and Chronotope in Yeats's Middle and Later Lyrics." *Yeats Eliot Review* 26.3-4 (2009): 30-40.

Weitzel, William. "Memory, Stillness, and the Temporal Imagination in Yeats's The Wild Swans at Coole." *Yeats Eliot Review* 16.4 (2000): 20-30.

[Yang, ByungHyun. "Literary Imagination and Religious Symbols of Yeats and Eliot: Centering on the Rhetoric of 'The Magi.'" *The Yeats Journal of Korea* 13 (June 2000): 75-99.]

양병현. 「Yeats와 Eliot의 문학적 상상과 종교적 상징」. 『한국예이츠저널』 13 (2000): 75-99.

[_____. The Yeats Society of Korea, ed. *Under Ben Bulben*. Seoul: Konkuk UP, 2010.]

한국예이츠학회. 『불벤산 기슭에서』. 서울: 건국대학교 출판부, 2010.

제8장
예이츠와 엘리엇 시에서 정점(still point) 읽기[1]

I. 서론

20세기 대표적 모더니스트인 엘리엇(T. S. Eliot)을 이해하기 위해서는 정점(still point)이라는 개념은 필수이다. 예이츠(W. B. Yeats)에게도 이와 유사한 관점은 없는 것일까? 예이츠는 다작인 반면에 엘리엇은 그에 비해 작품의 수는 많지 않은 편이다. 시대상으로나 인간관계에 있어서 이 둘은 매우 밀접한 관련을 가지고 있다. 그래서 이 둘 사이를 연구하는 논문들이 많은 것 같다. 그 예로 해외에서 다니엘(A. S. Daniel)은 「예언자들: 예이츠와 엘리엇에 대한 오든」("'The Prophet': Auden

---

[1] 이 논문은 한국예이츠학회의『한국예이츠저널』제41권, pp.207~226에 게재되었던 것을 수정 및 보완했음을 밝힌다.

on Yeats and Eliot")에서 예이츠와 엘리엇에 대한 오든의 평가를 살펴보고 있으며, 매튜(S. Matthews)는 「예이츠의 정열의 즉흥작품들: 그리어슨, 엘리엇 그리고 예이츠 후기 시의 바이런 식 통합」("Yeats's 'Passionate Improvisations': Grierson, Eliot, and the Byronic Integrations of Yeats's Later Poetry")에서 예이츠와 엘리엇의 관계 및 이 둘의 작품상의 특징을 약술하고 있다. 아울러 매튜는 그리어슨의 저서인 『영문학의 배경』(*The Background of English Literature*(1925))을 그리어슨이 예이츠에게 보내준 것에 대한 감사의 내용과 함께 예이츠는 이 저서를 자세히 읽기 위해 침상 옆에 두었으며 예이츠는 특히 그리어슨이 바이런 (G. G. Byron)에 대한 글에 매우 많은 영향을 받았다고 한다(133). 국내에도 역시 이와 유사한 몇 종류의 연구가 있으나 최근 2012년에 정경심이 「예이츠와 엘리엇 사이에 감추어진 상호 영향력」에서 엘리엇의 예이츠 또는 예이츠의 엘리엇 관계를 새롭게 조명해 놓았다.

II. 본론

엘리엇의 "정점"과 동시에 사용되는 개념은 시간(time)과 무시간 (timeless)이라 할 수 있다. 다시 말해 시간과 무시간의 교차점을 엘리엇의 정점으로 보는 견해가 일반적이라 할 수 있다. 매우 난해하고 추상적이어서 독자들을 순간 당혹스럽게 만든다. 그런데 흥미로운 사실은 예이츠와 엘리엇에 대한 다음과 같은 분석을 우리는 관심 있게 살펴볼 필요가 있다.

완벽함, 즉 완벽한 실현은 한 순간에 도달할 수 있고 포착될 수 있다는 생각은 다만 예이츠의 것만은 아니다. 그는 단지 그것에 대한 새로운 이미지를 발견했고 그것을 가이어(인생의 운동)가 구가 되는 점이라 불렀다. 그것은 엘리엇에게는 일시적인 것과 무시간의 교차점과 같은 방식이다.

The idea that perfection, complete fulfilment, can be reached and held only for a moment is not only Yeats's. He merely found a new image for it, he called it the point where the gyre (the movement of human life) becomes a sphere-in the same way as for Eliot it is the point of intersection of the temporal with the timeless. (Unterecker 33)

위의 분석을 통하여 예이츠의 "완벽성"이 단지 "순간"에 의해 도달할 수 있다는 것은 비단 예이츠만의 것이 아니라는 사실을 알 수 있다. 이 사실을 통하여 "완벽함"은 여러 작가들의 공통적인 관념이었다는 사실을 알 수 있으며 예이츠는 단지 이것에 대한 새로운 이미지를 찾아냈을 뿐이고 이 이미지를 가이어(Gyre)가 하나의 구(球)가 형성되는 점이라 불렀다는 것이다. 그런데 흥미로운 사실은 엘리엇에게 이와 같은 모습은 일시성과 무시간성과의 교차점과 같은 방식으로 나타난다는 것이다. 이와 같은 간단한 분석을 통해서 동시대 시인이면서도 분리 또는 별개의 시인으로 분류되고 있는 이 둘 사이에 유사점이 있다는 사실을 알 수 있다. 간단히 요약하면 예이츠의 가이어를 엘리엇에게는 정점으로 환언할 수 있다는 것이다. 먼저 예이츠의 정점은 「비잔티움으로의 항해」("Sailing to Byzantium")에서 볼 수 있다.

한 번 자연에서 벗어나면, 나는 정녕코
내 육신의 형상을 어떤 자연물에도 취하지 않고,
그리스의 금공들이 망치질한 금에
황금유약을 발라 만드는 그런 형상을 취하리라.
꾸벅꾸벅 조는 황제를 깨우기 위하여,
혹은 황금가지에 앉혀놓고 비잔티움의
남녀 귀족들에게 과거나 현재나 미래를
노래로 들려주기 위하여 만드는 그런 형상을.

Once out of nature I shall never take
My bodily form from any natural thing.
But such a form as Grecian goldsmiths make
Of hammered gold and gold enamelling
To keep a drowsy Emperor awake;
Or set upon a golden bough to sing
To lords and ladies of Byzantium
Of what is past, or passing, or to come. (*VP* 408)

　이 시는 모순과 갈등 속에 상변하는 유일한 자연세계에서 벗어나 영
원하고 조화로운 초자연적 정신세계로 가고자 하는 노시인 예이츠의 간
절한 소망이 표출된 시이다(이세순 18). 예이츠의 경우 시인의 욕망이
자연 질서에서 벗어나 초자연적 정신세계에 다다르고자 하는 욕망의
표출이라면 엘리엇은 과거, 현재, 미래가 한 점을 향하거나 정중동의
일치점으로 나타난다고 보면 될 것이다. 예이츠는 「비잔티움으로의 항
해」에서 일시적 세계 즉 관능적 음악의 세계를 비잔티움이라는 성스
런 도시 즉, 정신적 세계와 대조시키며 조화와 통일을 이룩하려고 한
다(Monarch Notes 65). 이러한 분석에 의해서 우리는 예이츠에게 있어

비잔티움이라는 도시의 의미를 인식할 수 있다. 이 도시는 일시적인 세계와 영원한 세계를 대조시키고 있는 것으로서 비잔티움은 모든 것이 순화되고 일원화되어 모순과 갈등이 없는 조화만이 깃든 영원한 세계이다(이세순 20). 특히 비잔티움은 예이츠의 시에서는 물에 의해서만 접근할 수 있는 고립된 섬(M. Lockered 25)이라는 사실과 노인을 허수아비로 그리고 역사의 순환을 가이어로, 비잔티움의 청결하고 보존된 세계를 탈출구로 보거나(E. Kimball 216) 이 작품에서 시인이 인위적인 황금새(artificial golden bird)의 형태로 초월적 영원성(transcendental permanence)을 창조하려는 시도(R. Emig 58) 등 여러 가지의 평가에 의해서 예이츠는 현실을 벗어나 영원성으로의 회귀를 갈망한다고 볼 수 있다. 이와 같은 초월적인 영원성은 엘리엇에게는 "장미원"으로 나타난다.

> 발자국 소리는 기억 속에서 반향하여
> 우리가 걷지 않은 통로로 내려가
> 우리가 한 번도 열지 않은 문을 향하여
> 장미원 속으로 사라진다. 내 말들도,
> 이같이 그대의 마음속에 반향한다.
>
> Footfalls echo in the memory
> Down the passage which we did not take
> Towards the door we never opened
> Into the rose-garden. My words echo
> Thus, in your mind. (*CPP* 171)

결국 엘리엇에게는 "장미원"이 예이츠의 갈등과 대립의 조화를 이루는 지점-다시 말해 가이어-과 유사하다고 볼 수 있다. 다시 말해 엘리엇에게서 장미원은 "결코 성취될 수 없는 친밀한 영적 교섭의 무대"(D. Traversi 99)라거나 "성년의 죄악에서 오염되지 않는 순결한 유년 세계와 성경의 에덴(Eden)동산을 은유적으로 암시한다"(박선부 149)고 할 수 있다는 점에서 하나님과 가장 가까운 상태에 이르게 되는, 하나의 완벽한 상태라고 할 수 있는 것이다. 장미원과 관련해 윌리엄슨(G. Williamson)은 다음과 같이 분석한다.

> 이런 정원의 묘사에서 그 의미의 중심은 들리는 것과 들리지 않는 것, 보이는 것과 보이지 않는 것의 정반대나 역설 즉, 경험한 것과 잃어버린 어떤 것의 대조감에서 찾을 수 있다. 이것은 마른 연못과 조용히 피어오르는 연꽃 속에서의 햇빛에 의해 만들어진 물의 환상에서 정점에 이른다.

> In the description of this garden the center of its meaning is found in the anthitheses and paradoxes of the heard and the unheard, the seen and the unseen, the contradictory sense of something experienced and something missed. This reaches its climax in the illusion of water created by sunlight in the dry pool and the lotus rising silently. (212)

결국 엘리엇의 장미원은 서로 상반되는 것의 조화상태를 말한다고 볼 수 있는데 엘리엇의 장미원과 유사한 것이 바로 "예이츠가 지향했던 세계는 갈등을 통해서 이룩되는 '통일', '조화', '아름다움'의 세계"(서혜숙 93) 다시 말해 "존재의 통일"이 완성된 세계라고 할 수 있다. 그러나 흥미로운 점은 이러한 최고의 실현 순간에 대한 통찰에서 모든 경험은 통일되고 하나로 움직여진다−예술가, 신비 그리고 감각론자가 일시적이고 공간적인 경계를 넘어 예이츠가 존재의 통일이라 부르는 상태에 도달함으로써 인생과 성취의 충만감을 공유한다. 예이츠의 모든 삶은 이러한 존재의 통일을 추구했으며 이점에서 그것은 단지 순간적으로만 이루어질 수 있다는 것을 깨닫게 된다.

In the intuition of this supreme moment of fulfilment all experience is unified and rolled into one−the artist, the mystic, and the sensualist share the same feeling of fullness of life and achievement, beyond the temporal and spacial boundaries, reaching the condition that Yeats called Unity of Being. All Yeats's life had been a pursuit of this Unity of Being, to realize at this point that it can be achieved only momentarily. (Unterecker 35)

는 사실이다. 우리는 윗부분에서 매우 흥미로운 사실을 알 수 있다. 모든 경험이 통일되고 하나로 합치되는데 그것이 시공의 경계를 뛰어 넘는다는 사실이다. 이 논리가 바로 엘리엇에게는 정점이며 로고스(logos)가 될 수도 있다. 다만 예이츠는 그것이 순간적으로만 얻어질 수 있는 반면에 엘리엇은 항상 "임재"한다는 사실이다. 다시 말해 예이츠의 경우 "시공을 초월하여 존재의 통일에 도달하기"란 엘리엇에게는 로고스의 개념으로 변형시킬 수 있는데 엘리엇은 『네 사중주』(*Four Quartets*)의 「번트 노튼」("Burnt Norton")에서 시 전체의 주제를 암시하기 위해서 "로고스가 공통적인 것임에도 불구하고 대부분의 사람들은 마치 자신의 지혜를 가진 것처럼 생활한다"(Although the Word (Logos) is common to all, most people live as if each of them had a private intelligence of his own. *CPP* 171)[2])거나 "올라가는 길이나 내려가는 길이나 동일하다"(The way up and the way down are one and the same. *CPP* 171) 등의 매우 형이상학적인 표현을 사용한다. 이와 같은 표현들 은 결국 "시공을 초월한 진리 내지는 정점의 상태를 나타내기 위해서 엘리엇이 사용한 표현들이라 할 수 있다. 바로 그 엘리엇의 시간을 다 음과 같이 정의할 수 있다.

> 물론 그 시(「번트 노튼」)에서 시간은 변화의 영역이다. 로고스 는 무시간에 속해 있지만 시간 속에서 인식되어져야 하고, 형식 혹은 변화의 대조로써 인식된다. 외양과 실재가 그 둘을 묘사하 기 위해 다른 용어를 제공한다.

> In the poem, of course, time is the realm of change; the Logos belongs to the timeless, but must be known in time, and is perceived as form, or the contraries of change. Appearance and reality provide other terms for describing the two. (Williamson 219−220)

바로 로고스가 중심의 축을 형성하고 있으며 그 로고스 하(下)에서 시간은 무시간과 교차하게 되는 것이다. 위에서 보는 바와 같이 로고 스는 무시간에 속해 있지만 시간 속에서 인식되고 상반된 변화로 인 식될 수 있다. 결국 「번트 노튼」의 주제가 시간성, 영원성, 시간의 초 월, 그리고 시간은 구속될 수 있다는 기독교적 신앙이라는 사실(J. T. Callow 87)이라는 점을 생각해 볼 때 시간과 영원이라는 개념은 서로

---

2) 이는 엘리엇이 헤라클레이토스(Heraclitus. c. 500 BC)의 세계관을 「번트 노튼」의 제사로 사용한 것으로써 "헤라클레이토스는 만물을 생성시키는 원동력을 모순과 대립이라고 했다. 모순과 대립을 통해서 만물은 생성·변전한다는 것이다. 모순과 대립이 파괴의 힘도 지닌다는 것이 다. 그런데 모든 것이 변하고 있는 가운데서도 오직 변하지 않는 것이 하나 있다. 그것은 변화 를 지배하는 법칙인 로고스"(박영식 33~34)라고 할 수 있다.

밀접하다는 사실을 알 수 있다. 이러한 측면이 예이츠에게서는 다음과 같이 나타난다.

> 늙은이란 다만 보잘 것 없는 것,
> 막대기에 걸친 누더기 옷일 뿐이다. 만일
> 영혼이 손뼉 치며 노래하지 않는다면.

> An aged man is but a paltry thing,
> A tattered coat upon a stick, unless
> Soul clap its hands and sing, and louder sing. (*VP* 407)

육체의 노쇠하는 굴욕을 피하려는 한 인간의 욕망을 읊은 이 시에서 화자인 노인은 육체의 세계를 벗어나 영원한 영혼의 세계에 몰두하고자한다. 그가 지향하는 영혼의 세계는 불멸의 예술세계이다(김정규104). 결국 예이츠는 영혼 불멸의 예술세계를 지향했으며 이는 「비잔티움으로의 항해」에서 예이츠가 늙어가는 신체의 동경과 자유를 열망하는 영혼 사이의 긴장과 균형을 창조(W. W. Robson 56)하여 조화와 균형을 유지한다. 늙어가는 신체에 대한 원망 또는 회한을 예이츠는 시로 변형시켰으며 이는 한 때 "예이츠는 죽음에 대한 생각보다는 노년(aging) 때문에 더 괴로워했다"(Daniel 35)고 하여 예이츠에게서의 신체의 노화에 대한 관심을 엿볼 수 있다. 이 시에서 예이츠가 나타내고자 했던 바를 커모드(Kermode)는 다음과 같이 평가한다.

> 이런 천국의 삶에서 허수아비가 자신의 역할을 상실한 그 모든 즐거운 성장과 변화의 현시는 대리석과 청동이 진정한 삶이며 변하지 않는 세계에 존재하는 시간과 지성(인간의 희생에 대한

고려 없이 정말로 진실로 상상된 이미지)을 넘어서 새로운 상태를 낳게 한다.

In this paradise life, all those delighting manifestations of growth and change in which the scarecrow has forfeited his part, give way to a new condition in which marble and bronze are the true life and inhabit a changeless world, beyond time and intellect (become, indeed, the image truly conceived, without human considerations of cost.) (Cowell 43)

커모드의 분석을 우리는 주의 깊게 살펴볼 필요가 있다. 「비잔티움으로의 항해」에 등장하는 허수아비는 결국 대리석과 청동으로 변하여 이것이 진정한 삶이 되고 다시 시간과 지성을 초월하여 불변의 세계 속에 거주한다는 분석이다. 즉, 성장과 변화의 현시는 대리석과 청동이 진실한 삶이 되어 시간과 지성을 능가한 변치 않는 세계 속에 사는 새로운 상태를 유발한다는 것이다. 역시 시간과 지성을 초월한 변치 않는 세계에 거주한다는 것은 영원성을 의미한다고 볼 수 있다. 「비잔티움으로의 항해」는 1926년 가을에 쓰였으며 이 작품에서 화자는 "영원한 솜씨"(the artifice to eternity)를 갈망한다(Matthews 131)는 평가가 이를 증명한다. 즉, 예이츠에게 정중동의 합일이란 바로 시공을 초월한 영원(eternity)에 들어가는 것이다. 예이츠의 즐거움에 대해서 이영석은 "예이츠의 시는 종종 우리가 인생에서 시간과 공간에 존재하지 못할지라도 시간과 공간의식을 보여준다. 즉 그의 시는 시간과 공간의 존재를 다양한 방식—대상, 어법, 메타포 등—을 사용하여 이들을 이질화시킴으로써 그러한 정서와 사고를 표현한다"(250)고 주장한다. 이 영원성의 경우는 엘리엇에게는 춤의 이미지로 나타난다.

회전하는 세계의 정지하는 일점, 육도 비육도 아닌
그곳으로부터도 아니고 그곳을 향하여서도 아닌, 정지점 거기
　　에 춤이 있다.
정지도 운동도 아니다. 고정이라고 불러선 안 된다.
과거와 미래가 합치는 점이다. 그곳으로부터 또는 그곳을 향한
운동도 아니고 상승도 하강도 아니다.

At the still point of the turning world. Neither flesh nor
　　fleshless;
Neither from nor towards; at the still point, there the dance is,
But neither arrest nor movement. And do not call it fixity,
Where past and future are gathered. Neither movement
　　from nor towards,
Neither ascent nor decline. (*CPP* 173)

　회전하는 세계의 정지점 이것이 엘리엇 정지점의 핵심이라 할 수 있
는데 여기에 춤이 있다는 것이다. 그런데 그 춤의 모습은 정지도 그리
고 운동도 고정도 아니라고 한다. 즉, 정 · 중 · 동의 상태가 아니라 이
세 가지의 상태가 합치되는 점이라 할 수 있다. 환언하면 "춤"이란 시
각적으로 운동하지도 않으면서 또한 멈춰 있지 않고, 그렇다고 이것을
고정되었다고 불러서도 안 된다는 것, 즉 인간의 육안으로는 도저히
그 형체를 알아 볼 수 없는 경지 즉, 초월적 세계3)라고 볼 수 있다. 이
는 마치 "어느 날 밤 바우한(Henry Vaughan)이 영원을 순수하고 끝없
는 불빛의 위대한 고리(ring)처럼 보았던 것과 같이"(R. Sencourt 147)

---

3) 그러나 정점을 다음과 같이 정의하기도 한다. "시간과 공간의 고정으로서의 정점, 이동 가능
　한 부분들로 이루어진 변화될 수 없는 전체로서의 정점, 이동과 시간을 포함하지만 완전한 고
　정으로는 생각될 수 없는 것으로서의 정점 그리고 완벽함 즉, 영적인 고요함으로서의 정점"(S.
　Sullivan 81) 등으로 분류하기도 한다.

무시간적 존재를 설명한다. 쉽게 말해 춤을 중심점으로 해서 주변에 여러 개의 고리가 형성되어 있는 것이다. 이는 태양을 중심으로 주변의 행성들이 운행하는 원리와 같다고 볼 수 있다. 즉, 태양-춤-은 움직이지 않고 주변의 행성들만 움직인다는 것이다. 이것은 다시 말해 로고스가 중심점이 되며 여기서 시간과 무시간의 교차점이 형성될 수 있다는 것이다. 이것이 예이츠에게는 대립과 갈등의 조화 또는 존재의 통일로 표현된다고 볼 수 있다. 그러면 또 다른 예이츠의 경우를 보자. 「쿨 호수의 야생백조」("The Wild Swans at Coole")에서 다음과 같이 묘사된다.

> 이제 저것들 고요한 물 위에
> 신비롭고 아름다이 떠 있다.
> 내 언젠가 잠깨어 저것들 날아가 없음을 알게 되는 그날엔
> 어느 호숫가에, 어느 웅덩이 가에,
> 어떤 골 풀 사이에 집 짓고
> 사람들의 눈을 즐겁게 할 것인가?

> But now they drift on the still water
> Mysterious, beautiful;
> Among what rushes will they build,
> By what lake's edge or pool
> Delight men's eyes, when I awake some day
> To find they have flown away? (*VP* 323)

이 시는 예이츠가 백조를 선망하는 모습을 그리고 있다. 변치 않는 백조의 모습과는 대조적으로 자신은 점점 더 늙어가는 모습에 대한 회

한을 묘사한다. 즉, 자신의 현재 모습은 변하고 있는, 바꾸어 말하면 "동"의 상태에 있으나 백조는 정중동의 합일점이라 볼 수 있다. 이와 같이 예이츠는 자연물을 사용해 자신의 선망의 대상이나 상태를 묘사하고 있는데 백조의 의미를 다음과 같이 분석하기도 한다.

> 백조의 비상은 시간을 통해서 미 그리고 그 찬란한 생물체들로서 백조에 대한 인식을 불러일으킴에 따라서 끊임없는 순환을 조건으로 발생함으로써 시로 극화된 것이다.

> The flight of the swans is one that is dramatized by the poem as occurring through time, subject to perpetual recurrence according to the summons of the poet's perceptions of the swans as beauty, as "those brilliant creatures." (W. Weitzel 24)

백조는 위와 같이 시간을 통해서 반복적으로 순환한다는 의미에서 그 영원성이 있다고 볼 수 있으며 본스타인(G. Bornstein) 또한 백조를 다음과 같이 분석한다.

> 이와 같이 지나가거나 지나가는 또는 다가올 것을 노래하는 새로『헬라스』에서 현재와 과거 그리고 다가올 미래를 꿰뚫는 아하수에로스이다. . . "생중사"와 사중생으로서 초인에 대한 화자의 찬사는 『노수부의 노래』의 "악마와 같은 사중생"을 회생시킨다.

> Likewise, the bird singing of what is "past, or passing, or to come" follows Ahasuerus who pierces "the Present, and the Past, and the To come" in Hellas. . . The speaker's tribute to the superhuman as

"death-in-life and life-in-death" recalls the demon "Night-mare LIFE-IN-DEATH" of *Rime of the Ancient Mariner*. (83)

위와 같은 분석들의 공통점은 바로 예이츠에게서 백조는 과거 또는 지나가고 있는 세월과 다가오는 것을 노래하는 존재 – 엘리엇의 시간과 무시간의 교차점과 유사하게 – 로서 화자에게는 마치 영혼 불멸의 존재로 나타나게 된다는 것이다. 이를 예이츠는 다음과 같이 묘사하고 있다.

> 지금도 여전히 피곤한 기색도 없이
> 그들은 짝을 지어, 정다운 찬물 속을
> 헤엄치거나, 하늘로 날아오른다.
> 그들의 가슴은 늙은 일 없고,
> 어디를 헤매거나 정열과 정복이
> 여전히 그들을 따르고 있다.

> Unwearied still, lover by lover,
> They paddle in the cold,
> Companionable streams or climb the air;
> Their hearts have not grown cold:
> Passions or conquest, wander where they will,
> Attend upon them still. (*VP* 323)

위에서 보는 바와 같이 화자의 시각에는 백조란 피곤함을 모르며, 그들의 가슴은 늙은 일이 없고 어디로 비상하거나 정열과 정복이 여전히 그 백조들을 따르고 있다는 사실에서 유한한 인간과는 매우 대조적으로 그려지고 있는 백조의 모습을 볼 수 있다. 이와 같은 영원불멸의 백조를 좀 더 깊게 분석할 수 있다.

영원히 "신비스럽고 아름다우며" 백조는 또한 인생의 끊임없는
변화와 불변성을 상징한다. 왜냐하면 개별적 백조들이 죽을지
라도 59마리의 백조의 패턴은 남아 있다. 죽어가기 때문에 늙
은 백조는 더 어린 백조로 대체되며 그래서 백조는 변화하면서
동시에 변화하지 않는다. 백조는 사라지나 백조들을 살아 있으
며 어린 백조와 늙은 백조는 구별할 수 없을 때 백조는 영원히
지나가지만 영원히 재생되는 복잡한 젊음의 상징이 된다.

Forever "mysterious, beautiful" the swans symbolize also the flux
and the fixedness of life, for though individual swans die, the
pattern of fifty-nine swans remains. Dying, the old swans are
replaced by younger ones, and so the swans are both changing and
changeless. A swan dies, but the swans live, and as the new are
indistinguishable from the old, the swans become an intricate
symbol of youth, forever passing yet forever renewed. (Monarch
Notes 42)

위의 분석을 통하여 예이츠가 사용한 백조의 심오한 의미를 알 수
있다. 위에서 백조는 시간 또는 세월의 흐름과 매우 밀접하게 연관되
어 있다는 사실을 알 수 있다. 매우 역설적으로 분석되어 있다. 즉, 생
의 변화와 불변화, 지나가지만 영원히 재생되는 등 다소 대립적이고
모순적인 의미를 갖고 있는 것이 백조라는 것이다. 예이츠가 사용하는
새(bird)는 예이츠가 성취하려고 애쓰고 있는 그런 초월적 특성(R. E.
Murphy 5)이라는 점에서 예이츠는 현시점보다는 미래 다시 말해 영
원에 도달하기를 바랐다고 볼 수 있다. 이 사실은 바로 "예이츠 시의

전반적인 인상은 갈등과 이율배반, 상반되는 모든 정신 내지 사물의 현상 세계를 통합하여 통일과 조화를 이룩하고자 추상적인 사상을 구체적인 이미지로 표상한다(권의무 636)는 사실에서 예이츠의 자연물을 신비적으로 변형시킨 모습을 엿볼 수 있다. 이러한 자연물이 단순한 미물의 활동에 그치는 것이 아니고 그것이 신비화되어 새로운 의미를 창출한다. 이러한 미물을 이용한 예이츠의 우수한 창작태도는 "예이츠는 상징을 초월적인 세계를 환기하기 위해 이용한다"(윤일환 116)는 사실에 의해서도 알 수 있다. 다음과 같은 다이슨(A. E. Dyson)의 예이츠와 엘리엇에 대한 분석도 흥미롭다.

> "이스트 코우커"에서 우리는 엘리엇의 '고요한 음성의 연장자들'을 만날 것이다. 우월한 노년의 지혜에 대한 그들의 주장은 노인들이 탐험자임에 틀림없다는 최종적인 훈계가 우리를 엘리엇이 예이츠와 공유한 하나의 반복적인 주제로 데려가기 위해서 그럴 듯한 것으로 발견된다. 두 시인은 신앙적이었고 신앙적으로 남아 있었다. 그것은 가능한 회피와 위안에 대한 인식은 결코 어느 한 사람에게도 최종 세계는 아니라는 것을 나타낸다. 두 시인은 전통을 일종의 과거에 대한 기념비–눈에 띠지만 먼지가 있는 박물관–로서 뿐 아니라 '개인적 자아'를 능가해서 문화적으로 그리고 아마도 종교적 연속성이 혼합된 역동적 기념이라 믿었다.

> In 'East Coker' we shall encounter Eliot's 'quiet voiced elders', whose claim for the superior wisdom of age is found to be spurious, so that the eventual exhortation old men must be explorers, bring us on to one recurring theme that Eliot shared with Yeats. Both poets were, and remained, religious-which indicates that the

recognition of possible evasion and complacency was in no sense, for either, a final world. Both believed in 'tradition' not only as a kind of monument of the past—a remarkable yet dusty museum—but as a dynamic concept, interwoven in cultural, and perhaps religious continuity, beyond the 'individual self.' (50)

위에서 보는 바와 같이 예이츠와 엘리엇 사이에는 매우 유사한 점이 많다는 사실을 알 수 있다. 예이츠가 상징을 사용하는 것의 효과를 다음과 같이 분석할 수 있다.

상징이라는 개념이 예이츠로 하여금 미지의 그리고 상상 불가능한 "불의 상태"에서 "위대한 추억"과 "보편적 상상"으로 진행할 수 있게 했으며 그것은 또한 "보편적 하나님의 실체"이다.

The notion of the symbol has allowed Yeats to proceed from the unknowable and unimaginable "condition of fire" to the "great Memory" and the "universal imagination", which is also the "universal body of God". (R. Ryan 3)

위에서 보는 바와 같이 예이츠의 상징은 단순한 상징이라기보다는 불가해하고 상상 불가능한 상태에서 보편적 상상으로 이동했는데 이것이 또한 하나님의 보편적 실체라는 것이다. 다이슨의 분석과 관련해서 「이스트 코우커」("East Coker")를 보자.

오랫동안 기대했던 가치, 안정과 가을의 청명과
노년의 지혜에 대하여 오랫동안 희망한
가치는 무엇이었는가? 목소리가 점잖은 연장자들,

그들이 우리를 속였거나, 그렇지 않으면 자신을 속여 가며
다만 우리에게 허위의 처방을 남긴 것인가?
안정은 다만 고의적인 어리석음이고
지혜도 다만 죽은 비방에 대한 지식이어서
암흑을 들여다보는 데에도 무용이고,
암흑에서 눈을 돌리는 데에도 무용,
경험에서 나온 지식에는
기껏해야 겨우 제한된 가치 밖에 없는 듯하다.

What was to be the value of the long looked forward to,
Long hoped for claim, the autumnal serenity
And the wisdom of age? Had they deceived us,
Or deceived themselves, the quiet-voiced elders,
Bequeathing us merely a receipt for deceit?
The serenity only a deliberate hebetude,
The wisdom only the knowledge of dead secrets
Useless in the darkness into which they peered
Or from which they turned their eyes. There is, it seems to us,
At best, only a limited value
In the knowledge derived from experience. (*CPP* 179)

위에서 보는 바와 같이 "노년의 지혜"란 역시 한낱 무가치한 것에 불과하다며 엘리엇은 현시대의 상황에 대한 불만족스러움을 나타낸다. 여기서 엘리엇이 서정적으로 타락한 인간의 영적 고뇌(spiritual plight)를 중심으로 모든 인생은 하나님과의 결합을 향한 경험(M. A. Quinn 12)을 중요시 여긴다는 사실을 알 수 있다. 즉, 하나님과의 조우 기원-이를 정점으로 환원할 수 있다-을 엘리엇이 절대적으로 바라고 있는

것이다. 노년의 지혜가 오히려 무용지물이 되어 버린 현재 상태를 엘리 엇이 이야기하고 있다. 다시 예이츠로 시선을 돌려 『십자로』(*Crossways*) 에 수록된 「인도인 여인을 향해」("The Indian to his Love")를 보자.

> 섬은 여명 아래서, 꿈꾸고 있다.
> 큰 가지는 정숙을 떨구고
> 숫 공작들은 평탄한 잔디에서 춤추고
> 앵무새 한 마리가 나무 위에서 몸을 흔든다.
> 에나멜 바다에 비치는 자신의 그림자에 초조해하며.

> The island dreams under the dawn
> And great boughs drop tranquility;
> The peahens dance on a smooth lawn,
> A parrot sways upon a tree,
> Raging at his own image in the enamelled sea. (*VP* 77−78)

여기서는 "섬"이 중요한 예이츠의 주제를 나타낸다고 볼 수 있다. 그 섬의 역할을 다음과 같이 분석할 수 있다.

> 「인도인 여인을 향해」의 섬은 시간과 지리를 벗어나 서 있으며 예이츠가 자유롭게 자신의 깊은 욕망을 표현하면서 동시에 심 문하는 유토피아 같은 공간으로 작용한다.

> The island of "The Indian to his Love"(1886) stands outside of time and geography and operates as a utopian space in which Yeats is free to both express and interrogate his deepest desire. (Lockered 26−27)

즉, 위에서의 섬은 시간과 공간을 초월했으며 예이츠는 이 섬을 환상 속에 있는 공간으로 활용하고 있다는 사실을 알 수 있다. 이는 다시 크레이그(C. Craing)의 분석과 유사하다.

> 비잔티움 같이 섬은 시간을 능가한다. 그것은 그 자체의 존재를 꿈꾸며 그것으로 향한 여정은 의식의 여정이기 때문에 사실상 하나의 층이다.

> Like Byzantiun the island is beyond time: it 'dreams' its own existence and the journey towards it is one which, since it is a journey of the mind, is in effect a stais. (84)

위와 같이 "섬"은 「쿨 호수의 야생백조」에서의 백조와 마찬가지로 시인 자신의 욕망을 표현해 주는 도구로 사용된다. 다만 예이츠의 욕구가 단순히 현재의 상태에 만족하는 것이 아니라 미래를 지향한다는 점이 공통적이라는 사실을 알 수 있다. 이와 같은 사실로 추론해 볼 때 이미지에 대한 예이츠의 강조는 그의 작품의 맥락에서 중요한 데 그 이유는 이 이미지가 위대한 많은 사물들의 중심이기 때문이다(J. Foley 6). 20세기에 들어오면서 많은 작가들이 전쟁을 겪으면서 현대인의 삶은 순례나 여정이 아니라 순환되고 혼란스러운 것으로 나타냈다. 예이츠와 조이스(J. Joyce)와 같은 엘리엇과 동시대인들은 예이츠의 "비잔티움"ㅡ시대의 정신적 무거운 짐을 넘어선 도시ㅡ을 건설하려고 노력했으며, 이들 작가들은 반복된 패턴 또는 순환(cycle)에 의해서 시간의 지속성과 끝(end)에서 해방되기를 바랐다(Dale 143)는 사실에서도 시간의 현재성에서 벗어나 영원성을 갈망했다는 사실이 공통적으로 작용한 것으로 보인다.

III. 결론

  예이츠와 엘리엇은 여러 가지 면에서 유사한 점과 대조적인 측면을
지니고 있다. 동시대 시인이면서도 각각 다른 개성을 지니고 있으면서
도 동일한 점을 가지고 있으며 그래서 이 둘 사이에 대한 연구들도 지
속적으로 이어지고 있다. 예이츠는 완벽성을 실현하기 위하여 대조와
불일치 또는 모순되는 것을 완성시키는 것 즉, 존재의 통일을 위해 노
력했던 시인으로서 주로 「비잔티움으로의 항해」와 「쿨 호수의 야생백
조」에서 그 모습을 살펴볼 수 있다. 여기서 예이츠는 비잔티움을 성스
러운 도시로서 모든 갈등과 모순이 합일이 이루어지는 도시로 묘사하
며 또한 백조 역시 변하는 세계 속에서의 불변화 즉, 영원성을 상징한
다. 반면에 엘리엇은 익히 알려진 대로 『네 사중주』의 제1악장인 「번
트 노튼」에서 예이츠와 유사한 모습을 여실히 보여주고 있다. 그는 시
간과 무시간의 교차점―이른바 정점―을 춤의 이미지나 장미원 또는
로고스의 이미지 등을 사용한다. 이들이 이와 같이 현실에 대한 만족
이 아니라 미래 또는 영원을 갈망했다는 점에 있어서는 궤를 같이한다
는 흥미로운 결과를 알 수 있다.

참고문헌

Bornstein, George. *Transformations of Romanticism in Yeats, Eliot, and Stevens.* Chicago: Chicago UP, 1976.

Callow, James T. and Robert J. Reilly. *Guide to American Literature: From Emily Dickinson to the Present.* New York: A Baranes & Noble Outline, 1977.

최희섭. 「정중동의 세계: 예이츠의 「벨벨산 아래」에 관한 한 고찰」. 『한국예이 츠저널』 33 (2010): 147−168.

[Choi, Hiesup. "The World of Movement in Stillness: A Study on "Under Ben Bullben." *The Yeats Journal of Korea* 33 (2010): 147−168.]

정경심. 「예이츠와 엘리엇 사이에 감추어진 상호영향력」. 『한국예이츠저널』 38 (2012): 75−103.

[Chung, Kyungsim. "The Hidden Debts Between Yeats and Eliot." *The Yeats Journal of Korea* 38 (2012): 75−103.]

Cowell, Raymond. ed. *Critics on Yeats.* London: George Allen & Unwin, 1979.

Craig, Cairns. *Yeats, Eliot, Pound and the Politics of Poetry.* London: Pittsburgh UP, 1982.

Dale, Alzina Stone. *T. S. Eliot: The Philosopher Poet.* Illinois: Harold Shaw Publishers, 1988.

Daniel, A. M. "The Prophets: Auden on Yeats and Eliot." *Yeats Eliot Review* 16.3 (2000): 31−44.

Dyson, A. E. *Yeats, Eliot and R. S. Thomas: Riding the Echo.* London: Macmillan Press Ltd., 1981.

Eliot, T. S. *The Complete Poems and Plays of T. S. Eliot.* London: Faber & Faber, 1978. [*CPP*로 표기함]

Emig, Rainer. *Modernism in Poetry: Motivations, Structures and Limits.* London: Longman Group Limited., 1995.

Foley, J. "Yeats Poetic Art." *Yeats Eliot Review* 18.4 (2002): 2−13.

Kimball, E. "Yeats's Sailing to Byzantium." *The Explicator* 60.4 (2003): 216−218.

김정규. 『상징과 이미지 분석에 의한 예이츠 시의 주제 연구』. 부산: 경남대학교 출판부, 2004.

[Kim, Jungkyu. *Yeats's Poetic Themes Classified by Symbolic Images.* Masan: Kyongnam UP, 2004.]

권의무. 『W. B. 예이츠 시 전집』. 서울: 한신문화사, 1985.

[Kwon, Eumu. *The Complete Poems of W. B. Yeats.* (A Korean Translation). Seoul: Hanshin Publishing, 1985.]

이세순. 『탑』. 한국예이츠학회 편집. 서울: 건국대학교 출판부, 2004.

[Lee, Saesoon. *The Tower.* The Yeats Society of Korea, eds. Seoul: Kunkuk Univ, 2004.]

Lockerd, M. Utopia in Decay: Yeats's Decadent Dystopias *Yeats Eliot Review* 28.3−4 (2011): 15−32.

Matthews, S. "Yeats's 'Passinate Improvisations': Grierson, Eliot, and the Byronic Integrations of Yeats's Later Poetry." *English* 49.194 (2000): 127−142.

Monarch Notes. *The Poetry of William Butler Yeats.* New York: Simson & Schuster, Inc., 1965.

Murphy, R. E. "The Enigmatic Motives behind Yeats's Byzantium." *Yeats Eliot Review* 27.3−4 (2010): 1−35.

박선부. 「"Burnt Norton 소고: 시간의 형이상학 그리고 그것의 객관적 상관물화의 현장을 찾아서」. 한양대학교 인문논총 25집(1995): 141−176.

[Park, Sunboo. "A Study of "Burnt Norton": Time Metaphysics and Objective Correlatives." Hanyang Univ. *Humanities* 25 (1995): 141−176.]

박영식. 『서양철학사의 이해』. 서울: 철학과 현실사, 2000.

[Park, Youngshik. *Understanding Western Philosophy.* Seoul: Cholhakgua Hyunshil, 2000.]

Quinn, Maire A. *T. S. Eliot: Four Quartets.* London: Longman York Press, 1982.

Rhee, Young Suck. "Time and Space in Yeats and Stein: Reading Meditations in Time of Civil War and Tender Button." *The Yeats Journal of Korea* 33 (2010): 247–270.

Robson, W. W. *Modern English Literature.* New York: Oxford UP, 1984.

Ryan, R. "The Condition of Fire: Yeats and Transcendent Reality." *Yeats Eliot Review* 21.1 (2004): 2–12.

Sencourt, Robert. *T. S. Eliot: A Memoir.* London: Garnstone Press Limited., 1971.

서혜숙.『에이츠: 존재의 완성을 위하여』. 서울: 건국대학교 출판부, 1995.

[Suh, Hyesook. *Yeats in Pursuit of a Unity of Being.* Seoul: Kunkuk UP, 1995.]

Sullivan, Sheila. ed. *Critics on T. S. Eliot.* London: George Allen and Unwin, 1973.

Traversi, Derek. *T. S. Eliot: The Longer Poems.* New York: Harcourt Brace Jovanovich, 1976.

Unterecker, John. ed. *Yeats: A Collection of Critical Essays.* London: Prentice-Hall, Inc., Englewood Cliffs, N. J. 1963.

윤일환. 「초월적인 존재와의 마주침: W. B. 예이츠와 타자의 윤리학」.『한국예이츠저널』 30(2008): 107–130.

[Yoon, Ilhwan. "An Encounter with the Transcendental Being: W. B. Yeats and Ethics of the Other." *The Yeats Journal of Korea* 30(2008): 107–130.]

Weitzel, W. "Memory, Stillness, and The Temporal Imagination in Yeats's "The Wild Swans at Coole." *Yeats Eliot Review* 16.4 (2000): 20–30.

Williamson, George. *A Reader's Guide to T. S. Eliot.* New York: The Noonday Press, 1953.

엘리엇 그리고 전통과 개성의 시학

인쇄일 초판1쇄 2014년 6월 10일
발행일 초판1쇄 2014년 6월 11일
지은이 이철희
발행인 정구형 / **발행처** L.I.E.
등록일 2006. 11. 02 제17-353호

서울시 강동구 성내동 447-11 현영빌딩 2층
Tel : 442-4623,4,6 / Fax : 442-4625
homepage : www.kookhak.co.kr
e-mail : kookhak2001@hanmail.net
ISBN 978-89-93047-67-7 *94800 / 가격 18,000원

L. I. E. (Literature in English)